# 照月记

这个月·著

张爱玲和她的小说

陕西新华出版

太白文艺出版社·西安

果麦文化 出品

# 序

张爱玲出道即巅峰，名震上海滩，成名后立刻把童年在父亲和继母那里受的委屈和折磨全写下来，把憋了二十年的"仇"报了。风光了，时髦了，当然，苦也尝过了，最后青史留名。一百年后，人们还在崇拜她，研究她。

对于作家来讲，这些意味着成就和地位。可一旦脱下"作家"身份，回到普通人，就不是那么回事了。在不同年代的人眼里，她的面貌都略微有些变化，可无论怎么变，底色不变——自私、冷漠、孤傲，却为爱"低到尘埃里"——虽然有才。

而互联网是怎么看待她的呢？化用她的句子，却曲解她的意思——"通往女人内心的道路是阴道"，"爱一个人就是'低到尘埃里'再开出一朵花来"，以及"因为懂得，所以慈悲"。人们用金句和标签去解构一切，理解一切，把张爱玲歪曲成了一个只会写言情小说的恋爱脑女作家。许多来路不明的"金句"也想靠着贴牌"张爱玲"而显得更有说服力。我甚至在护肤品广告里看到过张爱玲说"脖子是女人的第二张脸"。

也许从辞世那一刻开始就一切皆空。可作为活着的人，我到底不能真的完全跳脱出去。名气、成就、影响力，这一切东西最好是线段，今生开始，今世结束。因为这些东西让人超脱出人的范围，带着更多附加身份走入历史。而这意味着，后世的人可以根据自己所掌握的片面的资料，无须负责地大肆评价。人活一世，到了最后，谁都是繁华落尽，回到了自身。而在后世的诸多转述面前，逝者是无助的，因为不能解释，也无法干预。

前段时间的某天，我的右乳突然肿痛，去医院检查，当天就被医生按下做了穿刺。回家等结果的三天中，有一天低头发现胸口居然有血，这才发现竟然是乳头在渗血。惊恐之下四处查资料，越查越觉得大事不好。人一焦虑就会夸大感受，进而会有过于夸张的判断和预设。资料查到最后，我开始想万一我死了怎么办。

我在清醒状态下从来没设想过死，代入生命的倒计时，真正理性地思考，这还是第一次。一开始相当慌乱、不甘，想的是要尽力留下来点什么。活着的人必须记得我，缅怀我。但是，这个问题想到第三天，突然觉得真累。如果非要死，我就悄悄死。除了近亲，谁也不告诉，连朋友都不说，更不会把这件事宣布出来和全世界告别。总之是以影响最小的方式，最没存在感地消失。就是这天晚上，结果提早出来了，是乳腺炎。死亡设想暂停，我要做百岁老人了。

恐惧烟消云散的时候，我反倒开始惊讶。真考虑死亡的时候，我居然这么低调，仿佛突然间自己变得很小，而把世界看得很大。我认知中的自己不是这样的。这是尽全力接近张爱玲的这一年，我从她的经历当中受到的影响。

回想起来，看到诸多误读，是我开始做张爱玲系列内容的原因，我想还原她的本来面貌，让大家看到她的洞明世情，看到她苍凉的慈悲，至少不要让她变形得那么严重，变成一个只会写言情小说的"恋爱脑"女作家。

我系统地细读完张爱玲的全部作品，这里面有些是读书时期看过的，也有些是第一次读。无论重遇还是初识，感受都是全新的。

张爱玲作品的面向很广。爱情的占比大，因为那是她的表达途径，她通过爱情或者男女间的周旋来表达别的东西——坠落、异化、孤独……人在各种困境中的面貌。我认为这是共通性的，并非只框定了女性。

为什么百年来人们提起她总是强调女性标签呢？很简单，因为女性是第二性。用这个性别的故事来讲一个共通的问题，被默认为非主流。因此，总是描写"闺阁小事"的张爱玲，在后世的讨论中被另开了一桌。

但是，女人的故事就非得限定在"闺阁"吗？情感一定是女性的专属吗？女性的情感就一定是"小情小爱"吗？这一系列问题，张爱玲都用她的作品给出了答案。可读书的后来人却视而不见。

这种发现的快感让我更加好奇，更加愿意探寻。对照张爱玲的自传体小说、散文、书信，各个版本的张爱玲传记，以及张爱玲弟弟张子静的回忆录，还有其他周边资料之后，我愈发被她所具有的，仿佛超越时空的力量所震惊——张爱玲总在经历、思考和讲述今天的故事。

原生家庭、母女关系、性别冲突、情感与利益……如今社交媒体上热议的这些话题，她早已一一涉及，而且讨论得相当彻底。

消费主义是否会对人造成实际的腐蚀？孩子到底该不该接受直接的性教育？对于现代女性，什么是"正确的"生活？和"想要的"生活之间是否天然冲突？女性为什么会把爱情当作手段？父母催婚的本质是什么？婚姻又是什么？恶婆婆的心理动机是怎样形成的？等等。

以上每个问题都是当下年轻人正在面对和讨论的，而张爱玲竟然早有洞察。这些问题也是我用这本书重新打开张爱玲时的一部分视角。

我勉强算得上是"Z世代"，也可以说是"网生一代"，从出生起就与网络信息时代无缝连接。在我们这代人的视野里，很多约定俗成的东西，在慢慢瓦解。

关于张爱玲的说法很多，比如：她母亲去世时，她"借故"

机票太贵而不去探望；晚年面对弟弟的态度也只是"爱莫能助"；为了爱情可以无限卑微，可以放弃一切；奇装异服，特立独行，再加上名门望族的身份加持，她看不上任何人……

在我还处于只接收信息而不懂分析信息的年纪时，这也是我对张爱玲的印象。可随着成长，随着对各种概念和观点的重构，我发现一切都值得怀疑，值得推敲。在这本书中，你会看到我逐个推翻以上刻板印象。

很多人和我说，看我解读作品的视频，有种听街坊八卦的感觉。那些被束之高阁的经典，好像自己长腿走了下来，来到生活中的各种场景。某个一百年前的角色和他所做的事情，完全符合现在的某个网络热词的释义。

网络化，也是我有意为之。

我喜欢网络用语，不觉得它们无知或低级，反而有时候相当精准。当然，我也在时刻警惕网络用语的碎片化，警惕懒惰对耐心的驱逐。在保持尊重，不冒犯和扭曲原著的前提下，我希望让那些百年前的故事穿越时间，被当代语汇所解释，走进更多年轻人的生活。

文化呈现出什么样的面貌，不在于文化本身，而在于我们对待它的态度。

我们穿着统一的校服，剪着统一的短发，一丝不苟地成长起来。在脱下校服的那一刻，我们觉得自由了。因此，对那些课本里会出现的东西，我们应激性地排斥。同时，像所有大人一样，我们天然地认为经典就该高高在上，不苟言笑。于是一道厚厚的墙由此形成。

我想做一个把经典搬下讲台的人，我知道这种行为很冒险，稍有不慎就会被认为是亵渎，好像一个学生站起来提议老师可以用动画片讲课——这到底是出于玩心还是为了学习？我到底是出于浅薄还是为了传播？也许兼而有之。

但事实证明，黑板上的东西并未因为我的新理解而被抹黑，这个教室却因为"动画片"吸引了更多人走进来。年轻人并非自甘堕落，失去耐心。我的"短视频"动辄四十分钟——一节课的时间，年轻人看得津津有味，甚至主动进行课外拓展，自发地热烈讨论。

我只是一个普通女孩，爱穿搭和化妆，也爱读书和写作。如果放在很多年前，我的爱好彼此之间是互斥的：一个爱打扮的女生怎么可能爱读书？但无数的反馈告诉我，很多人是看了我的解读对张爱玲产生了新的理解，重新对读书提起了兴趣。这也让我认识到，读书就是读书，无关其他。

是我的关注者——正在读这本书的你，接住了我。这对我来说很重要。我想，对很多与我同时代的年轻人来说也一样重要。我们终于强大到可以斩钉截铁地说，"头发长见识短"是错的，女性符号和特质与一切严肃正统的东西并不相悖。

而这一点张爱玲早已为我们做出示范。张爱玲极度爱美，对美有相当前沿的觉知和判断。她爱打扮，会打扮。这些美的天赋，也创造了她作品里的奇观。

当初的人们对她另眼相待，如今的我们——出生在她去世年代的年轻人，拥上前去，拥护了她。我们也终于知道，人可以以任何形态达到理想的高度。

这本书的书名叫作《照月记》，是对张爱玲《对照记》的呼应。《对照记》是张爱玲晚年写的一篇自传性质的散文，里面有大量照片，她用文字一一对照，讲述照片背后的故事。

在《照月记》这本书里，会有更加立体的对照。张爱玲的小说讲述我们如今仍然在面对的问题，而张爱玲本人身上也有不少当代年轻人的特质。这是穿越时空的一组对照。

月亮是张爱玲在小说中常用的意象，在《金锁记》里，月亮总是变换着不同的面孔，窥视着人间的故事。月亮也是小说之外的见证者，它见过张爱玲，也正看着我们。能在这个未完待续的故事里充当一个小小的角色，能得到一个作为"翻译员"的机会，能用《照月记》来连接张爱玲和你，是我莫大的荣幸。

这个月

2025 年 6 月 1 日于上海

# 目录

# 01.

## 清醒地堕落

《沉香屑·第一炉香》

1943 年，上海文坛刮起一阵名为张爱玲的风，源头便是《沉香屑·第一炉香》。这也是张爱玲的成名作。

在我看来，这是一篇当代读者的必读之作，因为它讲述的故事、塑造的角色、讨论的问题，直到今天都毫不过时。

故事并不复杂，"清醒地堕落"，五个字足以概括全文。

女主叫葛薇龙，一个普通的上海女孩，她和家人原本住在香港，由于经济遇到困难不得不返回上海。但是她在香港念书念了一半，就这么走了实属可惜，于是家里人想起她还有个有钱的姑妈在香港。

姑妈年轻的时候，不顾全家反对，嫁给了一个粤东富商当四姨太，也是在那个时候，她跟全家人都闹翻了，尤其是葛薇龙她爸。

葛薇龙本想着让姑妈资助她毕业的可能性不大，结果没想到去了一趟，姑妈答应了她。

葛薇龙在姑妈家见识了大宅子的气派和下人们的嘴脸，其中有两个丫头尤其重要，一个叫睇睇，一个叫睨儿。姑妈登场前，有很长的"前摇"（铺垫），她是在睨儿的大呼小叫形成的伴奏里被簇拥着登场的。

那时候，本来睇睇离大门更近，可是听到汽车喇叭响，睨儿忽然钻了出来，斜着掠过了薇龙和睇睇，呼喊着：少奶回来了！而睇睇则站在一旁冷笑：芝麻大点儿的事，有什么可争可抢的？

小丫头的一举一动，本是细节的点缀，但你仔细看，就会发现，张爱玲在这里移植了一组《红楼梦》里的人物进来——袭人和晴雯。一个入世圆滑，一个出世却有脾气。睨儿和睇睇后面的命运也与袭人和晴雯重叠。

接下来是姑妈的正式亮相。

姑妈穿着西装，小个子，头戴草帽，帽檐上坠下绿色的面网，上面点缀了一颗指甲盖大小的绿色宝石，宝石是蜘蛛的形状。

**蜘蛛。**

张爱玲是运用物象的天才。姑妈一出场就已经给梁宅定了性——这是一个盘丝洞。这种鬼气森森的暗示很快得到了呼应。

结束了这一天和姑妈的交涉，在离开梁宅的路上——

薇龙自己觉得是《聊斋志异》里的书生，上山去探亲出来之后，转眼间那贵家宅第已经化成一座大坟山；如果梁家那白房子变了坟，她也许并不惊奇。

不过这时候，葛薇龙还存有她少女的天真和自以为是，即便是盘丝洞，她也还是相信身正不怕影子斜，能从这危机四伏的陷阱里全身而退。


姑妈当然不是真想供她念书，而是意在把这个年轻漂亮的女孩笼络在家中作饵，给香港的高级社交圈释放一个信号，告诉大家上"新货"了。男人们会为了这个饵蠢蠢欲动，然后被姑妈钓上来。

钓上年轻帅哥，必然归姑妈；钓上有钱老头，则献出葛薇龙，钱归姑妈。

有钱老头的代表是司徒协，他是姑妈的老相好，甚至可以说是老金主。现在姑妈这里来了新人，外貌条件又不错，司徒协竞争上岗，有一定的优先权。

年轻帅哥的代表是乔琪乔，在葛薇龙来之前，他和姑妈就已经交手了一轮。那时候姑妈看上了他，先用年轻女孩把他引了过来，准备自己从中截和。没想到，道高一尺，魔高一丈，乔琪乔吞了香饵全身而退，并未中计。

开头姑妈亮相，从汽车上下来，车上坐的就是乔琪乔。那天他准备勾搭另一个女孩，但是女孩家规严，不能单独外出，于是他就把姑妈叫上，然后跟女孩家里说这边有长辈。姑妈误以为是单独跟乔琪乔约会，场面相当难堪。

由此可见乔琪乔的厉害，情场老手都能被他耍得团团转。

所以从葛薇龙入住梁宅开始，她就被夹在三方势力之间，且都极具诱惑性：老男人有直截了当的钱；交际花姑妈可以把一切不合理的合理化；年轻帅哥将一切都笼罩上浪漫爱情的幻影。

葛薇龙必然会飘飘摇摇直至堕落，这是从最开始就注定了的。

**葛薇龙的堕落也是有层次的，经历了几个阶段，每一次都是心理上的突破。**

第一次是入住姑妈家的当晚。她拉开衣橱，发现一柜子的衣服，香喷喷的，各种材质，适用于各种场合。

葛薇龙以为是姑妈的衣服，于是偷偷锁上门，一件件试穿。居然每件都很合身。她瞬间明白了，这不是姑妈的衣服，这是专门为她添置的。

前面匆匆一面，姑妈藏在扇子后的毒辣双眼，早已把她的尺寸摸透了。她只是一个普通的学生，费尽心力地为她准备一柜子衣服，跟妓院里买进新姑娘有什么区别？

葛薇龙是聪明的，她通过衣服就迅速而准确地判断出问题所在，然后进入思想博弈。张爱玲在此处根本没写推理的过程，在她看来，这种推测是常识和本能。

但如果同样的事情发生在我身上，我可能察觉不出什么，因为心智水平导致我不具备这一层防线。可能不少人都会和我一样，糊里糊涂地在衣服这一关，就被姑妈把尺寸给摸透了——不仅是身体，更是心理。

当天晚上，葛薇龙半梦半醒，听到姑妈在办舞会的声音。

舞会，是姑妈的乘胜追击，就像警察连夜审问犯人一样，撕开一个口子，马上打乱你的生物钟，让你恍恍惚惚，最终露出破绽。

张爱玲是通感的天才。楼下放爵士乐，薇龙脑海里就浮现出试穿毛茸茸针织物的画面，极具挑逗性；放歌剧，画面又切换到丝绒；《蓝色多瑙河》，软缎的触感被回想起来，"凉阴阴地匝着人"……

这一夜，她允许了自己，"看看也好"。


进入这栋大宅之前，葛薇龙高估了自己。进入《第一炉香》之前，我们可能也高估了自己。

其实梁宅对葛薇龙的渗透，比我们想象的还要早。

之前有一幕，葛薇龙得到姑妈的赞助后，回家告诉父母，自己可以留在香港上学，然后父母就回上海了，留了个女佣把她送到姑妈家。

她（女佣）和梁太太家的睇睇和睨儿一般地打着辫子，她那根辫子却扎得杀气腾腾，像武侠小说里的九节钢鞭……原来自己家里做熟了的佣人是这样的上不得台盘！

姑妈和姑妈所代表的财富势力，在一个涉世未深的女孩面前实在过于威严。葛薇龙几乎自动矮化了自己，在她自己都意识不到的地方，她已经开始异化了，或者说，屈服了。

那么，葛薇龙所呈现出的"自我矮化"，是不是人们普遍会面临的一种困境呢？

试想一下，我们都曾在不同阶段或不同场景下，隐约有过葛薇龙式的心理吧？第一次走进奢侈品店，心里渗出的小心和局促，是不是在财富面前的一种下意识自查呢？带农村来的亲戚走进大城市的商场，当察觉到路人的目光，心里冒出的一点羞耻，是不是类似于梁宅面前葛薇龙对女佣产生的情绪呢？

**财富、地位，一切跨越阶级的东西，总在无形中让人气短。哪怕你的灵魂如玻璃般剔透，也难免会有气泡。**

当然，物质浮华仅仅是葛薇龙处境下的问题之一。如果难度继续拉高，把爱也放进来，事情是不是会更难处理？

葛薇龙最不愿成为的，就是姑妈那种人——为了钱嫁人的人。姑妈的一生都在闹饥荒，巨大的爱的饥荒。

葛薇龙不愿走姑妈的老路，她本打算在姑妈的资助下毕业，然后在同学里找一个情投意合的人结婚。她的计划也确实正在进行中。同学里有一个黑皮体育生，葛薇龙非常中意。

万万没想到，姑妈连葛薇龙的同学也不放过，她以最快的速度组了局：用年轻女孩把年轻男孩引进来，然后横亘在他们中间，最终截和。

这一切都被薇龙看在眼里，气得她直骂。

注意，薇龙在这里生的并不是情敌的气，一来，她跟体育生还没有那么深的感情；二来，她从来不会把姑妈当情敌。她气的是男人的不争气。

而就在此时，乔琪乔出现了。

葛薇龙爱上乔琪乔，是必然会发生的，因为他和姑妈形成了一组对抗力，他是唯一一个姑妈撬不动的男人，他的每一次出现，都是一种对姑妈的抵制。

他明示葛薇龙：如果你不想成为那种为了钱失去爱，最终又狼狈求爱的女人，那么，一切的解法都在我身上。

这对葛薇龙这种身处物质诱惑、精神崩塌、情感孤岛境况中的年轻女孩来说，简直是量身定制的诱惑。葛薇龙飞蛾扑火，完全倒向乔琪乔，跟他结婚，靠身体赚钱养他，沦为高级交际花。

葛薇龙在老男人、姑妈、乔琪乔这三股势力、三重诱惑的包围之下，找到了最自洽的位置。

一切都有迹可循，人活着总要有支点才行。

在小说里，姑妈、葛薇龙、睇睇、睨儿，四个女性都在乔琪乔这里栽过跟头。而除姑妈外的三个女孩之所以沦陷，很大的共同点在于，她们都存在"对抗姑妈"的动机。

还记得前文中提到的两个丫头睇睇和睨儿吗？

姑妈本想靠睇睇来招引乔琪乔的，结果失算，睇睇反而跟乔琪乔好上了。姑妈对此事相当不爽，更没想到，自己跟乔琪乔彻底闹翻后，睇睇居然还去偷偷找他。于是姑妈当着葛薇龙的面对她进行了一番羞辱式打骂。睇睇是个要面子的女孩，索性撕破脸撒泼，过程中抖出了不少姑妈的难堪。

乔家一门子老的小的，你都一手包办了，他家七少奶奶新添的小少爷，只怕你早下了定了。连汽车夫你都放不过。

好大的信息量！

睇睇最后的结局自然是被姑妈轰走了，张爱玲在这里安排了一个绝妙的收尾。吵架结束后——

梁太太趿上了鞋，把烟卷向一盆杜鹃花里一丢，站起身来便走。那杜鹃花开得密密层层的。烟卷儿窝在花瓣子里，一霎时就烧黄了一块。

一根烟，一点火光，加速了枯萎，这是睨睨这一炉香的结局。

另一个在乔琪乔处沦陷的是睨儿。乔琪乔趁夜爬进薇龙房间，连梁宅大门都没出，又直接进了睨儿的房间，被葛薇龙看到。后面挑开大闹，全都由此而起。

而葛薇龙呢？婚后某天，她在路上被一群大兵当成妓女骚扰。乔琪乔过去替她解围。两个人上车后，薇龙望着远处的妓女说："她们是不得已的，我是自愿的。"此话出口，乔琪乔也尴尬，于是就摸出了烟卷，一边开车，一边点燃。

火光一亮，在那凛冽的寒夜里，他的嘴上仿佛开了一朵橙红色的花。花立时谢了。又是寒冷与黑暗……

这是薇龙的结局，也停在一抹转瞬即逝的火光上，迅速地枯萎了。

每次重读这部作品，都不免自问：假设我在葛薇龙的处境里，是否会走上她走过的路呢？总是无解。我想，但凡没有身处其中，是不会知道自己多么无能的。当然，凡事无绝对。在葛薇龙的问题上，也许有人真的能做到身入险境又全身而退。

实际上，关于这个问题，答案已经不重要了，重要的是思考的过程。

张爱玲是这一切不幸的观察者,她只是记录,并用最尖锐的方式指出问题。《沉香屑·第一炉香》完全暗合了波伏瓦的那句话:"女人的不幸则在于几乎被不可抗拒的诱惑包围着,她不被要求奋发向上,只被鼓励滑下去到达极乐。当她发觉自己被海市蜃楼愚弄时,已经为时太晚,她的力量在失败的冒险中已被耗尽。"

如果你对阅读所寄托的希望是从中寻找偶像,探索某种真理,那想必是要失望了。

**这里有很多瑕疵,是现实的镜像——就像打开前置摄像头照镜子,看到的自己总比想象中要丑些。**

# 02.

## 过度保护就是失去保护

《沉香屑·第二炉香》

很多人是看了我解读《沉香屑·第二炉香》的视频认识我的，而"小蓝牙齿"也一时间变成热词。

后来衍生出了第二轮内容——几张据说是女生和crush（心动对象）对话的聊天截图。女生发了煤气的照片，问：你看这像不像小蓝牙齿？男生答非所问，反倒聊起了关于黑丝的问题。

女生截图大概想表达的是，我试图跟你聊文学艺术，而你绕来绕去绕不开那点欲望。也有没看过我的视频而首先刷到第二轮内容的人，他们纷纷在评论里问"小蓝牙齿"是什么意思。接下去是几层楼的绘声绘色的解释。

可见，"小蓝牙齿"实实在在吓到了不少人。


《第二炉香》一直隐藏在张爱玲创作巅峰期的众多作品里，并不出众，而且因为前有《第一炉香》的存在，大家容易习惯性地认为：《第二炉香》是一个狗尾续貂的姊妹篇。

实际上这两篇小说并无情节上的顺承关系。

整个故事的讲述方式颇具迷惑性，一开始是女主角视角，故事进行到一半突然转折，换上男主角的取景器。因为叙事角度的变化，导致很多读者初读这篇小说会有点不知所云。


开头写一个女同学跑来跟"我"谈关于性的八卦，神神秘秘的，说这是一个特别污秽的故事。接下来的情节，就是这个八卦的具体展开。

男主叫罗杰安白登，是一个四十岁的大学教授。这一天他要结婚，新娘是一个二十出头的漂亮女孩，叫愫细。

婚礼前，罗杰开车到女孩家里，撞见娘家人在哭，就顺便跟离了婚的愫细姐姐聊了会儿天。他一直知道愫细姐姐的悲惨故事：她嫁到了天津，结果丈夫禽兽不如，似乎是对她施暴，于是就离婚回来了。愫细姐姐专门叮嘱罗杰，一定要对愫细好，不要像自己那个丈夫一样，打着爱的旗号做那种事情。

愫细的母亲也出来哭，说自己倒霉，年纪轻轻老公就死了，女儿又那么不顺利，结了婚碰上那样的男人。

婚礼嘛，总免不了要哭一哭的，哭完就好了，后面的仪式顺利进行。

然而，到了深夜，愫细突然离家出走，一路逃窜到了男生宿舍。

一群男生看到愫细衣冠不整的样子，脚上被树枝割得全是血印子，也都吓了一跳，问也问不出原委。愫细好像是受了很大的刺激，连哭带喊地说，求求你们别问我发生了什么，罗杰这个人简直禽兽不如，他不拿我当人看。

一看是这种场面，大家很难不往变态的方向去猜，于是愤愤不平地议论，说罗杰教授这种人，平时看起来一丝不苟、衣冠楚楚的，其实背地里最容易变态。

他们要给愫细主持公道，带她去找了校长和教导主任告状。

这个教导主任跟罗杰刚好有点不合，这下算是抓住了罗杰的小辫子，立刻上蹿下跳，把事情搞得特别大，第二天上午就传得沸沸扬扬，香港的整个英国人圈子都知道了。


而罗杰找了一晚上老婆，他什么都不知道。我们来看罗杰找愫细那晚的环境描写——

月光照得地上碧清，铁阑干外，挨挨挤挤长着墨绿的木槿树；地底下喷出来的热气，凝结成了一朵朵多大的绯红的花，木槿花是南洋种，充满了热带森林中的回忆——回忆里有眼睛亮晶晶的黑色的怪兽，也有半开化的人们的爱。木槿树下面，枝枝叶叶，不多的空隙里，生着各种的草花，都是毒辣的黄色、紫色、深粉红——火山的涎沫。

密密麻麻的植物作为基底，木槿花扮演的怪兽负责凝视，其余的草花用它们毒辣的颜色，在这能喷出热气的地上，组成了

"火山的涎沫"。

张爱玲写花草，写树木，写温度，其实写出了一个地狱。从罗杰寻找愫细的那一刻起，他就进入了地狱。

**从这时起，故事亮出了它的獠牙。**

想起一位作家评价张爱玲时说，她的比喻不像是在触摸你，而是在不断刺痛你，不断提醒你她有多聪明。写作的人可能尤其能懂这种感觉。

终于到了白天，罗杰去了愫细娘家，刚好，愫细一家人都在等他。在愫细母亲看来，他们俩是在闹小孩脾气。

罗杰给愫细道了歉，他心想，昨晚的事情并不严重，只是愫细太单纯了，她缺乏一点爱的教育，这才导致了冲突和误会。解决办法他也想好了，他打算回学校就请假，然后马上带愫细去度蜜月。

这个安排愫细也满意，两个人当下和好。

作为读者，是不是开始觉得事情渐渐不对了？

一开始，愫细像是延续了她家女性的一贯命运，遇到了变态老公。而进行到这里，一种感觉浮现出来：罗杰是不是并没有干什么出格的事？问题的症结，似乎在于愫细完全不知道新婚夫妇会做什么。

在娘家，罗杰又碰到了愫细那个阴郁的姐姐。姐姐再次提起前夫，她说：愫细比我勇敢，我后来再也没敢和前夫说过一句话……

回家后，愫细又回到了新婚妻子的状态，和罗杰调情，并划定了不同阶段的不同尺度——什么时候可以吻我的腮，什么时候可以吻我的嘴。

之后，校长赶了过来，把昨晚愫细逃出家之后发生的事情都告诉了罗杰。

罗杰听完当然很崩溃。前面说过，他是个教授，且是个一板一眼的教授，现在一夜之间成了把老婆折磨到连夜出逃的变态。罗杰无法接受，当场就提了辞职。

这个校长一直很欣赏罗杰，就好心提醒他：工作不好找，哪怕你离开香港去北京、上海、天津，终究还是在英国人圈子里混，咱们这个圈子，是很注重道德品行的。

自此，罗杰陷入了浑浑噩噩的孤岛状态，学生说他的闲话，同事疏远他，很多女老师看见他甚至吓得到处躲。

罗杰的这种状态，愫细看不懂，被吓得又回了娘家。娘家人不理解发生了什么，还好几次打电话给罗杰，叫他接愫细回去。

又过了一段时间。有一天，罗杰跟先生太太们打网球，结束后，有个叫哆玲姐的教授太太，邀请罗杰来家里吃晚饭。宴会上，哆玲姐偷偷勾引罗杰，被罗杰拒绝后，她劝他，不要把自己压制得太厉害。

这劝告看似是好意，实际上默认了罗杰是色情狂，让罗杰非常难堪。然后她透露了一个惊人的秘密：愫细姐姐的丈夫自杀了，原因是找不到工作。

罗杰哆嗦一下，身上冷了半截。哆玲姐接着说，这个人就算找到工作，也不会享受生活，因为他一味压制自己的欲望，都把自己搞疯了。

读到这里，真相昭然若揭了：愫细姐姐口中的那个"变态"前夫，很可能仅仅是一个普通人，而他那些"禽兽不如"的行为，大概率是正常的夫妻生活。这遭遇竟和罗杰如出一辙。

罗杰沿着婚礼时经过的路走回家，一路上只觉得，"他走到那里，暗到那里"。

他像一个回家托梦的鬼，飘飘摇摇地走到他的住宅的门口。

现在开始，彻底是明牌了，"鬼"都出来了，惊悚也就不用靠着什么景物来虚掩了。前面反复出现的对愫细姐妹的相貌描写，终于要收网了。

"小蓝牙齿"。

前面，罗杰去接愫细回家那里，写了愫细姐姐说话时的样子。罗杰看到她的牙齿非常白，白得发蓝，"小蓝牙齿"。

接着回到家，愫细笑着跟罗杰调情，笑起来露出一排小小的牙齿，白得发蓝，"小蓝牙齿"。

有点魔怔了，但目前还不明所以。别急，往后看。

同事聚会之后，失魂落魄回到家的罗杰，进门就开始烧水，水开了，呜呜咽咽，像有人在哭。罗杰把水壶拿开，关火，关窗，关门，重新回去打开煤气。

打开的瞬间，煤气的"小蓝牙齿"突然变成一圈獠牙向外扑出。紧接着，火光渐小，逐渐只剩下一圈齐整的"小蓝牙齿"……

天才比喻，会把人刺痛的天才比喻。

煤气所特有的幽幽的甜味，逐渐加浓，同时罗杰安白登的这一炉香却渐渐地淡了下去。沉香屑烧完了。火熄了，灰冷了。

一氧化碳中毒自杀，这是罗杰的结局。

《第二炉香》发表于《第一炉香》的一个月之后，有人说这个作品暴露了张爱玲的平庸，我反倒觉得这种观点暴露了说话者的急躁。不过，《第二炉香》至今小众的原因倒是很好理解。

第一，水土不服。女主愫细和男主罗杰安白登都是英国人，这是一个纯外国人的故事。

第二，叙述方式具有迷惑性。读者要看到一半才会突然惊觉，原来变态的不是罗杰。

第三，小说中批判的问题至今仍然存在。甚至在一部分人的世界里，这个问题至今还没被意识到。

那就是性教育问题。


小说一开始，女同学神神秘秘地过来跟"我"说一个关于性的八卦，她对性的认识是恶心、污秽，觉得听完都没法儿谈恋爱了，原来结婚是这么肮脏的事情。

愫细家的整场悲剧也在于性教育的缺失——一个人直到结婚都不清楚性是什么。

现在也常有这样的新闻，新婚夫妇长期不怀孕，追问之下才知道两个人都以为躺在一张床上就能怀孕。很多家长遇到性教育这个话题也是如临大敌，能躲则躲。

女孩被教育得一无所知，过于单纯，往往受到伤害才知道还有这回事。男孩又被推三阻四地不让了解，压抑之下往往把它看作不伦不洁，但又过于好奇，于是总会过激。

时至今日，性都不能被看作是成年人生活当中和衣食住行一样朴素而平常的事情。

小说里有个细节。

愫细家还有一个小女儿，罗杰去接愫细的时候，小女儿就在外面玩。

女孩穿了连衣裙，弯腰去系鞋带，连衣裙直接翻过来盖住了后脑勺，整个后背、裤腰、身上的痱子粉都露出来了。但女孩却一无所知，一点都没觉得有什么问题。

可以想见，她的未来也会延续两个姐姐的命运——在新婚之夜发现自己的丈夫"禽兽不如"。


**所谓的"保护"，其实是在留白。这片空白本可以有秩序，但置之不理，未来就成了隐患。所以过度保护的背后，是失去保护。**


那么，对性教育的避而不谈，背后的原因到底是什么呢？

其实还是对贞洁的追求，对极致的追求。不仅不可触碰，最好从来不知道，一辈子维持一个无知女童的状态，这才是干净的。

不到二十三岁的张爱玲，观念实在是超前、犀利。


再说"小蓝牙齿"，这是《第二炉香》想表达的另一个内容——人言可畏。

一个不熟的女同学，跑来跟"我"谈污秽故事，而这个故事是她的姐姐告诉她的。这样一桩冤案，已经一层层流传到孩子的世界里，甚至孩子们要讳莫如深地去找不熟悉的同学传播，可见已经尽人皆知。

**小蓝牙齿，是愫细姐妹的牙，是煤气的牙，也是口口相传的流言链条里的牙——都是要人命的。**

在这里，年轻的张爱玲展现出了她在设计和编排上的高明。

"我"听闻故事的场景是图书馆，那时候"我"在看历史书，女同学跑过来，把胳膊支在历史书上给我讲故事。

……一个脏的故事，可是人总是脏的；沾着人就沾着脏。在这图书馆的昏黄的一角，堆着几百年的书——都是人的故事，可是没有人的气味，悠长的年月，给它们熏上了书卷的寒香；这里是感情的冷藏室。

好开阔好遥远的视野，原来张爱玲一开始递给我们的就是一个广角镜头。

在这个广角镜头的追踪下，她不仅把故事修正了，还给故事溯源了；不仅探讨了性教育，还指出了人言可畏。有这些已经是超量了，回过头来重看开头，又看到历史维度的大视野。

这样的悲剧故事，故事里的愫细和罗杰，传播故事的女同学，听故事的"我"，全被"悠长的年月"尘封了。

镜头拉远，颜色逐渐变成黑白，一切成为历史。

这段历史远没有结束，我们不在尘埃落定的黑白之外，我们也被包裹其中，在这片黑白的历史进程里，充当小小的背景板。

# 03.

## 壁花小姐翻身记

《倾城之恋》

假设这样一个场景：你周围的所有人都孤立你，嫌你是个麻烦，此时一个俊朗多金的男性出现，所有看不起你的人，都对他极尽仰慕，而他却看向了你……

请问，这时候你会怎么做？

这个问题我问过很多人，其中大部分人都给出了相同的答案：单是为了气死那些敌人，也要接住这个帅气多金男的注视！

有这样的想法当然很正常，十几年前，那些风靡一时的言情小说几乎都是这个逻辑，一句话概括：壁花小姐的翻身仗。

这种故事逻辑，在现实中也常见。比如在家长里短的讨论中，你经常能听到这样的句式：别看她……但人家嫁给了……

前一个省略处是这个女生的诸多不足，后一个省略处只要写一个名字就足够——仅仅一个成功男人的名字，就足以证明，这个打眼望去一无是处的女人，一定在暗中做对了什么。

当然，也未必非得是成功男人。一个成功男人的分量也可以用一群普通男人替代。

比如，很多场景下都会出现的一类声音：她不是最好看的，但是所有男的都喜欢她。后面关于此事的分析里，大家往往会得出结论：因为她看着清纯，好控制，有讨好感。

这种逻辑跟"壁花小姐翻身仗"并无二致，小小的区别在于，它戴着"女性主义"的假面具，把前者默认的成功（获得几个异性的好感）定义为肮脏的东西，再对这个"赢"的女人加以"不符合新时代女性标准"的审判。

既然这种"成功"会激发更广泛的愤怒，那么已经饱受敌意的女性，利用愤怒攻击愤怒，也算是一种下意识的选择了。

**于是，她们会选择拿起爱情当武器，因为那是手无寸铁的被围猎的女性唯一够得着的工具。**

在张爱玲的作品中，不少女性角色都被设置在这样的处境下。其中最经典且以主角身份出现的，当属《倾城之恋》里的白流苏了。

这部小说是张爱玲笔下为数不多的有着 happy ending（美好结局）的一篇。

白流苏得到了众人虎视眈眈的男主角范柳原的爱，并且二人的感情最终修成正果。从白流苏最开始被围猎、被挤对的角度来看，这个故事确实是以她的"赢"来结束的。只不过这个"赢"有引号，因为一旦离开战场，把视线扩大到广义的"爱情"层面上，她仍是荒凉无措的、落空的。

女主角白流苏，年纪很轻的时候嫁了人，后来因为丈夫家暴而离婚，之后的七八年，她一直住在娘家。

故事开篇，有人着急忙慌地跑到她家来报丧，说是前夫死了，让她回去奔丧。这件事是导火索，导致他们一家人争论起来。

白流苏当然不愿意回去守寡——可笑，谁会为了离婚七八年的前夫守寡？但哥哥嫂子不答应，他们觉得她一直住在娘家，威胁到了他们的经济利益。

可问题是，白流苏并没有白吃白喝，她自己的钱都带回了娘家，全都被哥哥败光了。所以白流苏现阶段的"白吃白喝"，从根本上是哥哥造成的。

哥哥不讲道理，嫂子也一味地轰她走，骂得很难听，说白流苏是"天生的扫帚星"，嫁到婆家，丈夫变成败家子，回到娘家，娘家眼看着也要破产了。

嫂子背地里阴阳她，跟别人聊天的时候说，虽然我老公败家，但是我可不离婚回娘家，因为我要脸。

这么看来，唯一能主持公道的只有母亲了。结果母亲的态度更让人绝望——劝她回去守寡，再领养一个孩子，养个十几年，总会有出头之日的。

总之，白流苏的娘家没有一个自己人。

恍惚又是多年前，她还只十来岁的时候，看了戏出来，在倾盆大雨中和家里人挤散了。她独自站在人行道上，瞪着眼看人，人也瞪着眼看她，隔着雨淋淋的车窗，隔着一层层无形的玻璃罩——无数的陌生人。人人都关在他们自己的小世界里，她撞破了头也撞不进去，她似乎是魇住了。忽然听见背后有脚步声，猜着是她母亲来了。便竭力定了一定神，不言语。她所祈求的母亲与她真正的母亲根本是两个人。

在无依无靠的绝望里感到一种飘忽恍然，对家人最后的期待也落空了，这样的心情在张爱玲的笔下化作"雨淋淋的车窗"——一种隔离感，而且是小时候的隔离感。

**空间和时间全都错乱了。**

"常年的孤独"和"天才"这两个要素，缺了哪一个都写不出这样的段落。

家是待不下去了，嫁人迫在眉睫。此时白流苏二十八岁，她需要以这样的方式——那个年代的女性获得居所的方式本就为数不多——让自己安顿下来。


这时候，男主角范柳原登场。范柳原有留洋背景，年纪稍大，样貌和风度都有一些，刚一回国就被圈子里的小姐太太们盯上了，众星捧月，"这一捧却把他捧坏了"，因此一直独身。经人介绍，白家也跟范柳原结识了。

白流苏有个未婚的妹妹，这是白家的第一位参赛选手。可是对于范柳原这样的高质量男性，只派一人参赛有些吃亏，于是白流苏四哥的两个女儿也被推出去竞争。这样从概率上来讲，白家的赢面大很多。

这边家里敲锣打鼓，所有适龄女性进入征婚备战状态，那边白流苏就更显得冷冷清清了。同样是女儿，但家里所有人都恨不得赶紧把她打发了，潦草地给她介绍了一个鳏夫——同时还带了五个孩子。

转机出现了。

一群人的交际场上，偏偏范柳原谁都不理，只是不断地跟白流苏跳舞……我们代入一下，也会很容易感受到一种报仇雪恨的爽感。


**别人全骂她、忽视她，可风头又偏偏落她这里了。**

于是他们站在流苏门口假装聊天，其实是故意骂她：真不要脸，人家邀请你，你还真的跳啊？太失礼了！

白流苏是什么反应呢？

她微笑着……可是她知道宝络恨虽恨她，同时也对她刮目相看，肃然起敬。一个女人，再好些，得不着异性的爱，也就得不着同性的尊重。女人们就是这点贱。

白流苏终于微笑了，因为一个突现的男人，一次突发的胜利，油然而生出一种爽感，其路径就是前面说到的，利用愤怒攻击愤怒。

这个时候，白流苏来到了我们开头假设的那个处境。她不知不觉地顺手捡起一个男人，要和他发展出爱情。


**爱情不重要，重要的是爱情可以当武器。**


白流苏选择顺势去香港，开展跟范柳原之间的爱情战争，看看能不能把他攻下来。

她决定用她的前途来下注。如果她输了，她声名扫地，没有资格做五个孩子的后母。如果赌赢了，她可以得到众人虎视眈眈的目的物范柳原，出净她胸中这一口气。

白流苏做了这个决定后，家人也瞬间对她变脸了，背后叽叽咕咕，但是当面不敢骂了，甚至还跟她很亲近，会用"六妹""六姑"这种唤醒亲情的称呼。

后面就是上船去香港，开始跟范柳原相处的大量戏份，这部分是《倾城之恋》的重头戏。

相处的过程就是拉扯的过程，是爱情战争，没有什么真心可言。近看，是花言巧语，没一句扎实的；远看，是双方就彼此利益而展开的一场谈判。

他们身上有彼此追求的东西。

范柳原身上绑定着白流苏的胜利和荣耀，当然，这一切的基础是他殷实富足的条件。以这些为诱饵，他希望获得一个没有婚姻约束的情人——可以随时解绑，但短期内又比较稳定，同时还要略带感情。他要一种从身到心都得到好处而不担责的关系。

正是这种非常微妙而游离的追求，让范柳原露出了破绽。这就是白流苏谈判的空间。

她手里也有诱饵，即范柳原所憧憬的带有东方情调的身体和娇滴滴的清水眼睛，以及周旋过程中产生的似乎能够称得上是感情的东西。

就像范柳原说的，"我自己也不懂得我自己——可是我要你懂得我"。

周旋，估量，摸索，计算。

俯瞰"谈情说爱"的整个过程，你会发现这完全是一场以爱为名的利益战争。

直到有一天，这场战役的前半程结束了。

这天，白流苏和范柳原走在一起，有人喊她"范太太"。范柳原转身悄悄跟她说：你别枉担了这个虚名。

白流苏立刻如遭五雷轰顶。她意识到一个问题：虽然自己还在跟范柳原拉扯，但周围所有人都早已默认了他俩是一对，生米煮成熟饭了。现在她有些骑虎难下，似乎除了当他的情人，没有更好的选择。

这是范柳原的阴谋。

战役上半场，白流苏是彻底败了。她并不打算投降，而是立刻重新计算，试图在眼下的失败处境里最大化地挽回损失。

总有人说，张爱玲笔下的女人总在爱情里被蒙蔽双眼，变得傻而可悲。

我倒觉得，无论是精于计算的白流苏，还是直接在文本里被点出了"傻"的葛薇龙……她们没有一个是真傻的，甚至可以称得上机敏和清醒。

**滑落，是因为她们只能滑落。**

白流苏开始盘算：虽然这场交易在外人眼里早已达成，自己损失了脸面和名声，但归根结底，筹码还在。只要这点资本尚存，日后谈判就还略有胜算。

她决定掉转方向回上海，不能再白白往外送了，得往回收。

回去也并非上策，白流苏只会更艰难。一方面，人们都默认了她跟范柳原已经同居；另一方面，她家人的预设是她要嫁给有钱人。这与现在的处境落差太大。

本来，一个女人上了男人的当，就该死；女人给当给男人上，那更是淫妇；如果一个女人想给当给男人上而失败了，反而上了人家的当，那是双料的淫恶，杀了她也还污了刀。

没办法，她只能硬着头皮耗，等范柳原喊她再去香港。


等了一个秋天，终于电报来了，白流苏再次去香港。

下半场战役打响，不过上来就注定了败局。这次白流苏是冲着当情妇去的，到香港的当晚他俩就发生了关系。

谈到《倾城之恋》，人们往往谈及这部分的描写，因为文笔确实太好。

流苏觉得她的溜溜走了个圈子，倒在镜子上，背心紧紧抵着冰冷的镜子。他的嘴始终没有离开过她的嘴。他还把她往镜子上推，他们似乎是跌到镜子里面，另一个昏昏的世界里去了，凉的凉，烫的烫，野火花直烧上身来。

这里面的意象非常丰富，比如镜子，比如"野火花"的比喻，一切太过于神来之笔，以至于很多读者忽略了这一切是如何发生的。

当天晚上，白流苏回到房间，洗漱完正要睡觉，在黑暗中踩到一双皮鞋，差点摔一跤，还以为自己的鞋没放好。这时，房间里有人说话，是范柳原在说：别害怕，是我的鞋。

不觉得很可怕吗？

房间里黑灯瞎火，床上藏了个人，谁见了不吓死？试想你是白流苏，此情此景有没有一种作为手下败将进入"人为刀俎，我为鱼肉"的死局的感觉？关系还没闹明白，对方直接默认你是同意的。战败条约都没签，家已经被占领了。

这里范柳原有一种胜利者高高在上的姿态。

知道《倾城之恋》讲的是男女战争，但不细读这一部分，真的很难料到战争有这么残酷。

战局已定，白流苏想要的婚姻，以及婚姻带来的经济上的保障和脸面上的好看，全都没得到，反而下滑成了情妇。此后，她每天待在家里，无事可做，只想一件事，就是控制自己不要发疯。

就在这时，香港战役爆发。

面对大轰炸，谁也不知道自己明天还会不会活着。在这样的环境里，白流苏和范柳原反而萌生出了一丝真心。钱财、地产，一切天长地久的东西都不可靠了，靠得住的只有身边那个和自己相依为命的人。

他不过是一个自私的男子，她不过是一个自私的女人。在这兵荒马乱的时代，个人主义者是无处容身的，可是总有地方容得下一对平凡的夫妻。

范柳原提出了结婚。

这时候终于可以点题了，《倾城之恋》，乍一听以为是一段爱情伟大到了"倾城"的地步，读至此处才意识到，不是因为爱而倾城，而是因为"倾城"才爱。


**爱情战争的反转，竟是因为真正的战争降临。**


城市倾覆，成千上万人流离失所，没想到却触发了一对平凡男女的一点平凡的真心。而白流苏，也戏剧性地获得了最终的"胜利"。

曾经说自己要脸所以不会离婚的四嫂，后来也离了。旁观者都说她是在效仿白流苏，眼红人家离了婚还能有这么"惊人的成就"。白流苏想起这些事情就要微笑起来。

怎么不算是一场胜仗呢？


在《倾城之恋》里，白流苏把爱情当武器完全是无奈之举。

家是待不下去的，她必须出逃，嫁人是她逃逸的唯一方式，于是有了全篇的精密计算。最后在败局已定的情况下，翻身打了一场胜仗，从一个地方，成功地逃到另一个地方——这个新的地方就是和范柳原的婚姻。

结婚后，他们搬回上海。远离战争，钱财、地产这些身外之物又变得有意义了，新的算计和新的战争也重新开始了。

婚后的范柳原不再跟白流苏讲俏皮话，留着去跟外面的女人说。白流苏怅惘的同时，反觉得是好事——这说明范柳原还当她是名正言顺的妻子，这就够了。

白流苏是没有选择的。而今天的我们，能把握的选项要多很多。但为什么在开头假设的那个处境下，很多人还是会下意识地想要把爱情当作武器呢？

我想这背后的原因在于，性缘文化由来已久。我们能够察觉，却很难摆脱。评估别人时戴着性缘的眼镜，审度自己时也会拿上性缘的标尺。

戴着"爱"的假面，落入无爱的困境。

为的是什么呢？你我都很难回答。这也是张爱玲超越时代的原因之一吧。

# 04.

## 不幸的女人是怎样
## 被制造出来的

《金锁记》

夏志清说它是中国自古以来最伟大的中篇小说，傅雷说它"颇有《狂人日记》中某些故事的风味"，是"文坛最美的收获之一"。它就是《金锁记》。

说它有《狂人日记》的风味确有道理，因为它讲的也是个吃人的故事——一个被封建社会吃掉的女人，化身吃人者，反过来去吃别人。

这篇小说，在初始设定上就充满了矛盾对撞。

女主角曹七巧出身不好，家里是开麻油店的，但她嫁入了豪门，因为她老公是个软骨症患者，实在娶不到正经门第的小姐，这才把曹七巧娶进门，主要是为了繁衍后代，延续香火。

这强烈的对撞产生的作用，也在开篇交代出来，那就是曹七巧的轻佻：要么时不时阴阳怪气地无差别扫射，要么很有指向性地开妯娌的黄色玩笑，谁的闲事都要管，还是故意搅浑水的管法。

豪门里有一个女儿,年纪还小。曹七巧一会儿摸摸人家辫子,说头发少了;一会儿又说,掉头发该不会是有心事吧?言下之意,小女儿有心上人,想嫁人了。然后曹七巧转头就去劝家里的老太太,赶紧让之前定了亲的彭家把小女儿娶过去。

总之,本来好好的,她一来,哭的哭,黑脸的黑脸,闭嘴的闭嘴,鸡飞狗跳,不欢而散。

大家惹不起她,只好躲着她。


别人都躲她,有个人非但不躲,反而还黏着她,那就是小叔子,姜季泽。

姜季泽前不久刚结婚,因为赶上打仗,婚事办得很仓促,这个事情在新媳妇兰仙心里留了个遗憾,特别不痛快。

姜季泽初登场,曹七巧就故意哪壶不开提哪壶,跟小叔子说:你有这么好的媳妇,全得感谢我啊,要不是我求着老太太赶紧办婚事,你们俩还不知道要拖多少年呢!

兰仙在场,马上脸色就不好看了。

曹七巧立刻喊冤,说自己好心没好报。不一会儿,她又把调侃的重点抛回姜季泽身上,说:还好你有老婆了,你已经一个月没出去胡闹了,要是以前,一大家子人跪下来都留不住你!

姜季泽延续了张爱玲作品中男人的一贯风格,也不是什么好东西。

他不仅不替老婆说两句，反而顺杆儿爬，跟嫂子逗上了，说，全家人留我？没有吧！嫂子你就没有留过我，你怎么知道我留不住的？

两人一来二去，越聊越黏糊。曹七巧把手搭到了姜季泽的腿上，姜季泽也玩笑般地伸手去捏她的脚……

别说一百年前，就是放到现在，这画面也是极为炸裂。

女人的脚在一百年前是什么的象征？三寸金莲裹得越好，脚越小，女人就越好嫁，这是一方面。另一方面，脚其实是一个性征。丈夫在家里是要把玩妻子的三寸金莲的，甚至还有"品莲"这一说。而在这里，光天化日的，小叔子就摸嫂子的脚。


我一直认为，《金锁记》是张爱玲笔下最彻底的女性故事。这里面当然也有男性角色：小叔子姜季泽、得了软骨病的老公、儿子长白，但他们仅仅起到某种工具化的作用。

软骨病的老公，整个人是软的，坐起来没有孩子高。他是没有生命力的存在，是曹七巧的地牢，拖着一个活着的她往死人堆里走。

小叔子姜季泽，"结实小伙子"，"天圆地方"，有"鲜红的腮颊"，同时他还对曹七巧投以带有性暗示的注视。他是生命力的存在，是曹七巧在绝望中的希望。

儿子长白，是前两者的集合。他对曹七巧来说，是个男人，但只能算半个，她把自己的情感寄托在儿子身上，但也只能是一部分。

这一切的禁锢造就了曹七巧的扭曲。

回到故事，姜季泽对曹七巧是什么态度呢？

玩尽管玩，他（季泽）早抱定了宗旨，不惹自己家里人，一时的兴致过去了，躲也躲不掉，踢也踢不开，成天在面前，是个累赘……她也许是豁出去了，闹穿了也满不在乎。他可是年纪轻轻的，凭什么要冒那个险？

正中眉心的文笔出现了。先挑逗后拒绝，张爱玲笔下的男人女人都是精算大师。

曹七巧非常悲哀失落地念叨：我到底哪里不好，让你沾也沾不得？

她睁着眼直勾勾朝前望着，耳朵上的实心小金坠子像两只铜钉把她钉在门上——玻璃匣子里蝴蝶的标本，鲜艳而凄怆。

实心金坠子。

曹七巧就是被金坠子坠着的人，为了钱被迫嫁给一个半死不活的男人。而此时，她凄怆地贴着门站着，这对金坠子就成了两个钉子，把她钉在了墙上。

走是走不了了，没有爱，主动爱也没人接招，这辈子就只能这样了。

确实是个标本。

但是标本的形容除了"凄怆"之外，还有个词，叫"鲜艳"。可不是嘛，曹七巧这时候也就二十来岁，这么鲜艳的年纪，已然变成了金坠子底下的标本，越鲜艳就越凄怆。

这不由得让我想起《茉莉香片》里男主角聂传庆的母亲，婚后她一直过着忧郁相思的生活。张爱玲形容她是"绣在屏风上的鸟"，就算是死，也只能死在屏风上。

类似的意象能概括张爱玲笔下的大部分女人，她们是被钉在木框里的活标本，是绣在屏风上不能飞的鸟，都是被囚禁起来的。

日子就这么过着，十年一转眼过去了。

曹七巧的丈夫死了，到了分家的时候，换句话说，卖身到姜家这些年，终于到了结算的时候。

分家闹得也很不体面。

姜季泽在外面狂嫖滥赌，公账上分给他的钱都没了，还倒欠家里六万。过程中曹七巧为了争取家产，把儿子喊过来大哭，闹了个人仰马翻。但是分家的结果，对她依然是不利的，她没拿到房子，只拿了田地。

曹七巧本以为和姜季泽之间的故事算是完了，没想到几个月后，他突然找上门来——他要跟嫂子表白。

姜季泽一副深情的样子，跟曹七巧说：嫂子你猜这些年我为什么天天出去玩，玩到把家产都败光了？全是因为你啊！以前我还没这么荒唐，但是你嫁过来了以后，我天天要躲着你，躲着我的感情。我太难了。现在你我岁数也大了，横竖半辈子过去了，我今天就是要让你知道我爱你，这样也不枉此生了。

曹七巧听完直接就"疯"了。

守了半辈子活寡，一生的情欲不被看见，更别提安放。这么直接地被表白，这么直接地接触到一个袒露"真心"的男人，曹七巧还是第一次。

在此之前，她寂寞至极的时候，还偶尔想到过家门口卖猪肉的小伙子，想那个人把重重的猪肉摘下来往桌子上一抛的动作——这得是多寂寞，才能连这些画面都想起来。

这个意象不禁让人想起三岛由纪夫《假面的告白》里面写到"我"五岁时遇到的淘粪工：阳光下精壮的红着脸挑粪的男人，裤子勾勒出他下身重要部位的曲线，从此刺激了年幼的"我"。

好相似的意象，由于旺盛的新陈代谢，而更有生命力，同时也雄性激素过剩。

一切都指向曹七巧的匮乏。过度匮乏，最后逐渐变态。


过着绝望日子的曹七巧，突然等来了姜季泽的表白，她现在整个人沐浴在细细的光辉里，细细的音乐，细细的喜悦……

但是这样的喜悦也就一瞬间。

曹七巧想：姜季泽是什么人？是好人吗？他该不会在骗我吧？光是想到这一层，她已经起疑心了。然后想到姜家人可不好惹，万一被抓住把柄，自己的钱就保不住了，所以得试试他是不是真心。

曹七巧跟他聊天，假装不经意地问他卖房子的事，然后又说自己想接手，可是没有现钱。

一来二去真问出来了，姜季泽就是来骗钱的。

曹七巧暴怒，跳起来就拿手里的扇子砸姜季泽的脑袋，桌上的饮料也全洒了，泼了他一身，旁边的丫鬟赶紧过来拉架。姜季泽像落汤鸡一样转头就走，临走时跟丫鬟说：等她儿子放学回来，请个医生来家里给他妈看看病吧。丫鬟也蒙了，嗯嗯地答应着。曹七巧立刻又冲过去给了丫鬟一个大耳光。

这一段原文非常精彩，人仰马翻，跃然纸上。


扇完耳光，曹七巧安静了，镜头聚焦在被打翻的、沿着桌子往下滴落的酸梅汤上。张爱玲很善于在极度喧闹时突然把节奏调慢，进入特写或慢镜头状态。

酸梅汤一滴滴掉落，突然，画面一转，曹七巧开始疯跑，冲上楼去，速度快到转弯会撞墙的地步。

她要在楼上的窗户里再看他一眼。无论如何，她从前爱过他……他不是个好人，她又不是不知道。她要他，就得装糊涂，就得容忍他的坏。她为什么要戳穿他？人生在世，还不就是那么一回事？归根究底，什么是真的？什么是假的？

曹七巧意识到，她的爱欲彻底终结了。此生的情欲都没有再释放的可能了，无论如何，关于姜季泽，关于男人，这是最后一眼。

实际上，曹七巧爱的一直不是姜季泽这个具体的人，她爱的是一个精壮男子的符号和一个轻浮男子的可能性。

季泽正在弄堂里往外走，长衫搭在臂上，晴天的风像一群白鸽子钻进他的纺绸裤褂里去，哪儿都钻到了，飘飘拍着翅子。

情欲的最大化，风把姜季泽摸了个遍。

曹七巧安静地流着泪。

一般电视剧演到这里就要大雨滂沱了，但张爱玲在这里写的是一个晴天——晴到不能再晴，简直是烈日当空，空气里有一层层热浪，很迷幻，很不真实。

曹七巧看着烈日下的一切：巡警晃过去，小孩在踢球，邮差骑着自行车一溜烟掠过……她心里想的竟然是："都是些鬼，多年前的鬼，多年后的没投胎的鬼……什么是真的？什么是假的？"

**世界白惨惨的，曹七巧疯了。**

距离姜季泽表白那天，又过去了小半年。随着儿子长白、女儿长安的出场和长大，曹七巧要开始向施虐者转化了。

这天晚上，曹七巧教育长安说：男人没有一个好东西，都是冲着咱们家钱来的。

曹七巧边说边看着自己的小脚，"心里一动，冷笑一声"，跟长安说：我说了也是白说，你现在十三四岁了，跑出去我也管不了你，明天我叫人来给你裹个三寸金莲。

注意：小脚再次出现。

随着身份的转变，小脚不再是情欲的象征，而是象征罪恶。要知道，已经是"文明脚"的时代了，这种年代裹脚，传出去都是新闻，大家也都笑话长安。

很明显，曹七巧扭曲了。她遭过的罪，凭什么同为女人的长安不用遭？她一辈子没尝过爱情，女儿凭什么有？

裹脚一年，曹七巧兴致过去，也就给放了，但长安的脚回不去了——"毁女儿"计划完成百分之十。

那时长安还在上学，曹七巧只要抓住一点小事，就会去学校里闹，长安不堪其扰，就想退学。但这个学也退得不省心，曹七巧要求退学费，没得逞，把校长狠狠羞辱了一顿。长安正处青春期，是最敏感的时候，这下脸丢尽了，从此在街上见到同学就躲，再也没朋友了——"毁女儿"计划完成百分之三十。

女儿毁得差不多了，儿子那边也不能落下。毁谁呢？毁儿媳。

即便是"吃人"的时代，女人也不能"越级"吃男人，女人只能吃女人。曹七巧要通过引进另一个女人的方式，来行使如今已成长者的权力——多年媳妇熬成婆，这是一种毕业。

曹七巧给长白娶来的儿媳妇叫芝寿。婚礼当天，长安小声嘀咕了一句，说新娘嘴唇厚。曹七巧直接冷笑道，哎呀，你新嫂子那两片大厚嘴唇，切下来能炒一盘菜。

她说这话的时候，嗓门特别大，全被新娘子听见了。

这只是个开始，后面的日子曹七巧也不安分。每天在饭桌上，曹七巧都要调戏芝寿。她说浑话，芝寿笑，就是不要脸；芝寿不笑，就是摆脸色。

曹七巧让儿子通宵陪自己抽大烟，边抽还要边问儿子和媳妇的房事，问完了就到处说。

芝寿躺在屋里，绝望得想死。她想跟长白诉苦，但想想开头就能知道结尾，长白肯定会先声夺人，砸东西，折腾半天之后突然一笑，插科打诨，事情就糊弄过去了。

看着外面惨白的月亮，芝寿害怕，又不敢开灯，因为一旦开灯，曹七巧第二天就会说她缺男人，男人晚回家，她就彻夜点灯。芝寿眼泪狂流，但不敢擦，怕眼睛肿，一旦眼睛肿了，曹七巧第二天又会到处说她——男人不回家，她就把自己哭成个桃儿。

芝寿的处境前狼后虎，所有的路都被堵住了，生不如死。

张爱玲在描写芝寿这一晚的时候，有一个小小的细节。

芝寿待要挂起帐子来，伸手去摸索帐钩，一只手臂吊在那铜钩上，脸偎住了肩膀，不由得就抽噎起来。帐子自动地放了下来。昏暗的帐子里除了她之外没有别人，然而她还是吃了一惊，仓皇地再度挂起了帐子。

我们先记住这一段，后面还会有一个精彩的呼应。


曹七巧不仅拉儿子长白抽大烟，也让女儿长安染上了烟瘾，再加上之前她对长安名声的种种败坏，导致长安年纪很大了还嫁不出去。

这时候，曹七巧病了。

趁她生病之际，长安打扮起来去相了一次亲。相亲对象留学归来，一心想找一个传统的女孩，长安正对味儿。两人很平稳地相处，直奔结婚。长安悄悄地专心戒烟。

这也是长安一生中最快乐的一段日子。

然而好日子是短暂的。曹七巧病好了，战斗力恢复，天天坐在门口冷嘲热讽：姑娘急着要嫁人，咱也没办法，多半是生米煮成熟饭啦！有时候长安想起对象，脸上露出笑意，曹七巧就又要骂：臭不要脸，这个家是一天也待不住了？

后来长安订了婚，戴上戒指，曹七巧更崩溃了，开始软硬兼施，前脚骂她不害臊，后脚就拉着她哭，说：别人把你贬得一文不值，我还指望你争回一点面子，结果你好不争气，竟然是这种下场！

长安终于破防了。

她当初为什么退学？是因为曹七巧去学校把她的脸丢尽了，她才决定要主动离开。走得干净，对她来说是"一个美丽而苍凉的手势"，至少自己还没闹得太难看。

这次也是。

长安想，自己的名声早就被母亲败光了，对象会怎么想呢？人家会不会已经知道了但不说？她是防不住母亲的，早晚要出乱子。越想越绝望，于是长安选择主动放弃，第二天就去提了分手。

到这里，曹七巧的"毁女儿"计划完成了百分之七十。


长安跟对象分手后，还是藕断丝连。曹七巧知道了，瞒着长安给她对象送了一张请帖，邀请人家来家里吃饭。这顿饭的过程中，曹七巧可谓是"大显身手"。

先来看她的亮相——

只见门口背着光立着一个小身材的老太太，脸看不清楚，穿一件青灰团龙宫织缎袍……门外日色昏黄，楼梯上铺着湖绿花格子漆布地衣，一级一级上去，通入没有光的所在。

一个矮小的老太太，没有脸。中式恐怖。

曹七巧有意无意地跟对方透露长安抽大烟的事，说长安此刻就在上面抽。曹七巧有一个疯子的审慎与机智，她点到为止，免得惹人怀疑。过一会儿她又说回来，强调一遍，长安抽大烟。

相亲对象大受震撼，长安的形象也破碎了。至此，"毁女儿"计划完成百分之百，大功告成。

而长安，直到这时才知道曹七巧把前对象请到家里来了。

长安悄悄地走下楼来，玄色花绣鞋与白丝袜停留在日色昏黄的楼梯上。停了一会，又上去了，一级一级，走进没有光的所在。

明明可以走下来，走进光里，但是长安自己缩回去了，她也像鬼魅一样了，即将跟曹七巧殊途同归。

接下来小说飞快收尾。

前面提到曹七巧生病，起因是芝寿得了肺痨，曹七巧看到很多人忙前忙后地伺候她，嫉妒得不行，于是把自己也折腾生病了。现在她痊愈了，芝寿快不行了。

敞着房门，一阵风吹了进来，帐钩豁朗朗乱摇，帐子自动地放了下来，然而芝寿不再抗议了。她的头向右一歪，滚到枕头外面去。她并没有死——又挨了半个月光景才死的。


**帐子。**


还记得吗？上一次，鬼魅一样的帐子掉下来，芝寿赶紧挂上去。这次帐子又掉下来，如同命运降临，芝寿认了，不再反抗。

张爱玲埋的钩子，从不落空。

芝寿还在的时候，七巧还给长白娶了一房小妾。现在芝寿死了，小妾扶正，一年不到也吞鸦片自杀了，自杀原因可想而知。长白不敢再娶，每天就是逛逛妓院。

而曹七巧，在大烟和所有人的恨意里，过完了后半生。

《金锁记》的蓝本是李鸿章次子李经述家的故事。

真实世界中，软骨症的二爷，是李经述的三儿子李国煦，惦记嫂子财产的姜季泽，是四儿子李国熊。"曹七巧"也确有其人，张爱玲称呼她"三妈妈"——的确是从乡下买来传宗接代的。

在老年张子静（张爱玲的弟弟）的回忆里，有一次去给"曹七巧"祝寿，她穿着宽袖旗袍，很像和尚穿的袍子，脸上灰白，没有一点血色，"仿佛看到一个幽灵来到了人间"。

读完作品，再看张爱玲的人生，里里外外，枝枝蔓蔓，一切都是纠缠起来的，分不清现实和梦境。

曹七巧死了以后，有人看到长安跟一个男人在街上买吊袜带，言外之意，可能是说长安沦落风尘。至于是不是谣言，不知道，也不重要了。有关长安的谣言从她很小的时候，从她母亲那里，就已经开始了。长安也和七巧一样，早已跟自己最初亦是最后的爱告别过了。

三十年前的月亮早已沉下去，三十年前的人也死了，然而三十年前的故事还没完——完不了。

《金锁记》故事的时间跨度是三十年，现在距离那三十年又过去了八十多年，这样的故事也还没完。不幸的女人成长为不幸的婆婆和母亲，制造出下一个不幸的女人，这样的婆媳关系、母女关系到今天也依然存在。

如果把这些不幸的婆婆和母亲身上经年累月的泥沙彻底洗刷干净，你会发现，她们归根结底是压抑且焦虑的女人。

# 05.

## 你要当好人还是真人

《封锁》

《封锁》是张爱玲早期创作中极具实验性的作品，不到一万字，超短的一篇，却是体现张爱玲性别观的代表作。结构上也极其精巧，通过电车封锁构建出了一个"真空美学时空"，这种以物理封锁映射精神困境的写法，影响了后世许多作家。

　　20世纪40年代的上海，某一天下午，街道突然被封锁，电车停在了路上。

　　电车上的人们百无聊赖。已婚中年男人吕宗桢遇到了一个不想搭理的亲戚，就顺势躲到了大学女教师吴翠远的身边。他搭讪吴翠远，想制造一个艳遇的氛围，好让亲戚别过来讨嫌。结果吕宗桢假戏真做，吴翠远会错了意，两人通过封锁期间短暂的聊天，萌生出了类似爱情的东西，甚至到了谈婚论嫁的地步。

　　随着封锁结束，吕宗桢突然又回到自己的座位上，一切就好像没发生一样，两个人又变回陌生人。

　　就是这么个荒唐的故事。

这里面有张爱玲一贯的风格，写到男性，就免不了讥讽挖苦。

比如，当时吕宗桢手上拎着一袋热气腾腾的包子——这么个细节，张爱玲也要抓住他的内心戏不放。包子是老婆让他下班买的，吕宗桢很不满这一袋包子，原因是，他觉得包子元素破坏了他的OOTD（每日服装搭配）。一个穿西装、戴玳瑁边眼镜、拿公事包的人，怎么能拎着包子满街跑呢？简直不像话！结果没多久，他就因为封锁时间太久，饥肠辘辘而感慨有包子真好。

在我看来，吕宗桢对待包子的态度，就好像他对待老婆的态度——面子上觉得丢人现眼，上不得台面，但架不住包子实在热气腾腾，因此吃还是要吃的，吃起来也是香的。

接下来的情节就是吕宗桢看见亲戚，躲到吴翠远身边开始搭讪。

吕宗桢并不是出于咱们喜闻乐见的那种心理——对一个大美女一见钟情，然后非她不可。这可是张爱玲啊，哪有什么天降真爱？

吕宗桢搭讪的动机压根就不是吴翠远本人，他甚至是坐到了吴翠远身边才看清人家的长相，并且在心里一顿锐评，觉得"她的整个的人像挤出来的牙膏，没有款式"。

二人聊着天，车窗外传来一阵乱哄哄的声音，他俩恰巧都回过头去看，两张脸靠近，一瞬间吴翠远就脸红了，毕竟她是个年纪很轻的女生。这时候，吕宗桢忽然动心了。

张爱玲笔下的男人动心，往往也是很廉价的，并不是建立在这个女性本身是什么样子、有什么品质的基础上，而是建立在固有认知被推翻的基础上——因为吴翠远让他产生了非常良好的自我感觉。

宗桢没有想到他能够使一个女人脸红，使她微笑，使她背过脸去，使她掉过头来。在这里，他是一个男子。平时，他是会计师，他是孩子的父亲，他是家长，他是车上的搭客，他是店里的主顾，他是市民。可是对于这个不知道他的底细的女人，他只是一个单纯的男子。

我觉得女性都需要看一看《封锁》，你会知道，异性的喜欢与你本身有无价值并不能画等号。


当然，除了男性的心动，传统女性还会十分珍重一个东西，就是男性对婚姻的许诺。张爱玲把这个东西也撕碎了。

不过得先补充一下，我指的是，把婚姻当作男性给予的最高奖赏的这种现象，而不是那种基于双方平等探讨而建立起的婚姻。前者的心态可以总结为张爱玲在《金锁记》里讽刺长安的相亲对象世舫的一句话："男子对于女子最隆重的赞美是求婚。"这种心态把女人捆绑起来，像是被踢了膝盖窝，让她们跪在婚姻的门前。女性被集体默认为十分想嫁，对爱最高的理解是结婚。而没嫁的，一律被认为是没有嫁的机会。

其实现在也不乏有人会有这样的观念。比如一对情侣恋爱数年，始终没有结婚，旁人讨论起来，一定是认为女生吃了亏，因为"那个男人这么多年都没有娶她，可见并非真心"。

张爱玲在《封锁》里撕碎的是这种心态。她告诉你，男人的心动，男人对于婚姻的许诺，并非完全是感情的象征。

吕宗桢心动以后，忍不住把自己的所有事都跟吴翠远聊起来。而吴翠远深知，一个男人彻底懂得一个女人以后，是不会爱她的，所以就一直听他说，自己不说，完全当个垃圾桶。

正因为这一点，吕宗桢萌发了想要娶她的念头。

宗桢断定了翠远是一个可爱的女人 —— 白，稀薄，温热，像冬天里你自己嘴里呵出来的一口气。你不要她，她就悄悄地飘散了。宗桢沉默了一会，忽然说道："我打算重新结婚。"

这一段建议各位女性朋友背诵，遇到这种飘然而至的、不基于平等商讨的婚姻提议，请多问问自己：他是爱我爱到愿意拿自由做交换的地步了？还是单纯觉得我实惠？

相信你的记忆会把《封锁》调出来。

两个人正说得情投意合，眼泪都快掉出来，铃声再次响起——封锁解除。吕宗桢直接一个瞬移，不见了。吴翠远以为他下车了，定睛一看，发现他闪电般地坐回了座位，假装刚才无事发生。

以上这些，差不多就是这个小短篇里的一些张爱玲式嘲讽，主要围绕着吕宗桢这个男性角色。接下来，我们来重点说一说这篇小说里的女性角色吴翠远。

在吴翠远身上，张爱玲表达出了当时女性在思想进步上的一种摇摆和混乱。

吴翠远在家是好女儿，在学校是好学生，后来毕业留校当英文老师。别说八十年前，就是放到现在，吴翠远也是妥妥的高知女性。

但是你看她的故事发生在什么地方呢？

封锁开始的时候，她坐在电车上批改卷子。有个男生的作文写得大胆又粗糙，全程抨击社会，频繁使用"红嘴唇的卖淫妇"这种当时的女性看起来心惊肉跳的词汇，连基本的语法和句子都不通。吴翠远直接就批了个A。批完之后自己也奇怪，这么一篇粗糙的、有很多错误的文章，为什么要给他个A呢？结果一想，自己脸红了。

他拿她当作一个见多识广的人看待；他拿她当作一个男人，一个心腹。他看得起她。

这是吴翠远最缺乏的。她在学校被人看不起，在家里也一样——即便家人支持她谋个高学历，但到头来还是希望她能嫁人。唯独批改作业的时候，有人把她当成男人，跟她高谈阔论。这让她感觉自己不再是闺阁小姐，所以才下意识地给个 A。

她家里都是好人，天天洗澡，看报，听无线电向来不听申曲滑稽京戏什么的，而专听贝多芬、瓦格涅的交响乐，听不懂也要听。世界上的好人比真人多……

**"世界上的好人比真人多"，这就是小说的主题。**

好人和真人，对应理想和现实，这两者之间有一道裂缝。吴翠远就处于这道裂缝上。

她能看见那个理想，甚至也能触碰到，那就是听贝多芬、当好女儿、当好学生、当有工作的进步女性……这些都是好事，成为这样的人也都是"好人"。但好人未必是真人。起码，吴翠远在做好人的时候就不真。

书里写了，她"不快乐"。

生命像《圣经》，从希伯来文译成希腊文，从希腊文译成拉丁文，从拉丁文译成英文，从英文译成国语。翠远读它的时候，国语又在她脑子里译成了上海话。那未免有点隔膜。

张爱玲简直是一个比喻疯子。

这段话的意思是说，生命的目标、生命的真谛是一直都存在的，但里面的具体内容并非直译，而是转译了很多次才译成她的语言，才落到她的生活里。

**在这种经过无数次翻译的生命真谛的指导下，吴翠远的生活有点水土不服。**

换种说法，网上有把某部电视剧机翻二十次的视频，就是把台词先机翻成英语，再机翻回中文，来回倒腾二十次，最后会得出一堆像乱码一样的东西。大致可以类比张爱玲说的这种感觉。你知道大方向上是那个意思，但每一个词语都不是那个意思，像做梦一样。

吴翠远就是这样，她要当好人，也当上了好人，但总是不快乐，总是有隔膜，总是水土不服。于是她想当真人，然后就在电车上碰到了前来搭讪的吕宗桢。

吴翠远并不会得意于这种事，但她就是要一路顺着吕宗桢说话。

他吐槽老婆，她就好好听着。他说老婆小学文凭都没有，她就说"女子受教育也不过是那么一回事"，说完一瞬间又替自己伤心。两人越聊越多，到最后吕宗桢说要娶她或至少让她当个偏房的时候，她都开始哭起来了。

她这么入戏不是因为感动，不是觉得"哇，有个男人好爱我"，她仅仅觉得，自己要做个真人。

什么是真人？

吴翠远想，跟好人相反的就是真人。她家里人都是好人，给她念书念到这么高的学历，盼着她嫁个有钱的好人。她偏不，她就要嫁给这个没钱且有太太的真人。

随后，封锁结束，吕宗桢消失，吴翠远发现他瞬间换了个座位假装无事发生，震惊了一下。

电车又开动了，整个上海像是"打了个盹，做了个不近情理的梦"。

这就是封锁全程吴翠远的心路历程，故事也在这里结束了。

现在你应该完全能体会到吴翠远的割裂了。她是进步女性，身处女性进步思想慢慢萌芽的社会氛围里，但周围没有一处是真正容得下进步的。她只有在男学生写得乱七八糟的作文里找到一种被平视的错觉。

吴翠远也延续了张爱玲笔下女性角色常见的"主动滑落"，有一个形式上进步的外壳，但内里的东西还是腐坏的、老的那一套。

在这种割裂和混乱下，吴翠远不快乐，也没有从不快乐中解脱的能力，可以说大部分人都没这个能力。那么她干脆向下滑，干点出格的事情，哪怕是一点出格的念头都是珍贵的。

张爱玲的思考真的很深。

她不写彻底的进步，也不写绝对的落后，她写一种挣扎。


除了角色刻画的高度，这篇小说在谋篇布局上也非常高级。

首先是结构上的首尾呼应。开头写电车开着——

封锁了。摇铃了。"叮玲玲玲玲玲"，每一个"玲"字是冷冷的一小点，一点一点连成一条虚线，切断了时间与空间。

一连串的"玲"，像是一条虚线，把虚实分割为两个世界，封锁开始，一切停滞。

街上渐渐地也安静下来，并不是绝对的寂静，但是人声逐渐渺茫，像睡梦里所听到的芦花枕头里的窸窣声。这庞大的城市在阳光里眠着了。

张爱玲用一个电影镜头里的虚化转场，把街上的人，把角色，把读者，都带到梦里去了。后面就是吕宗桢和吴翠远的故事。

结尾对仗，又是一串铃声。

封锁开放了。"叮玲玲玲玲玲"摇着铃，每一个"玲"字是冷冷的一点，一点一点连成一条虚线，切断时间与空间。

又一个虚化转场，这次是回到现实，停滞的一切重新运动起来。

张爱玲首尾呼应地制造这样的气氛，意图是什么呢？还是服务于吴翠远的处境——迷茫、荒唐、不知所措，像被翻译了无数次的《圣经》。

这是第一层，结构上的首尾呼应，再看第二层，空间设计。

故事发生在电车上，电车是一个前进的交通工具。

对比张爱玲其他作品的故事地点：《第一炉香》发生在香港半山腰的一幢别墅；《金锁记》发生在深宅大院；《红玫瑰与白玫瑰》也是房子里的事；《小艾》的前半部分几乎没离开过大宅院。

以上这些都是非常局限的空间。而《封锁》的故事发生在电车上，吻合了吴翠远身上的时代进步元素。

其实在同一时期，类似"出走"场景下的女性故事还有不少，比如冰心的《西风》。

故事发生在轮船上，女主角秋心坚决追求事业，不惜放弃婚姻和爱情，在那个时代可以说是先锋女性。中年后，某次出差的路上，她遇到了曾经被她放弃的前任。此时的前任已经有了两个孩子。

秋心进步女性的外表让她整个人外刚内柔，表面硬到掷地有声，内心却柔软易受伤——小说全程秋心都极度哀伤，在家庭美满的前任面前，她像落叶一样残败。

小说最后，二人下船，遇到前任的妻子带着一儿一女前来迎接。前任一家看秋心没有人接，盛情邀请她去家里做客。秋心推托了，目送他们离开。一阵阴冷的西风卷过，秋心略站了站，像落叶一样，在风里独自飘然而去。

可以看出，《西风》和《封锁》是两种完全不同的女性表达。

《西风》中描述的身在进步，心却飘摇的"无归属感"，是一种真实存在的情况，甚至可以说，相比《封锁》，这才是那个时代的女性阵痛更为常见的表现形式。

她们深知应当出走，但出走之后，却 DNA（遗传基因）觉醒了似的渴望回去。

《封锁》描述的是更加细致、更无指向性的一种无助。吴翠远没有去留，她从来没有选择，她的"出走"都是被送出来的，甚至，她的"走"是为了更好地"留"。

只不过，在这个被动的过程中，吴翠远像木偶觉醒了自我意识一般地想当个"真人"。

**这是她的电车，一辆前进的却被封锁了的电车。**

张爱玲两次写到封锁铃声切断了时间和空间。

不知你有没有看过《逃出绝命镇》？电影里，黑人被当作奴隶买进家族，然后被通过手术置换意识，富人的精神意志被保存在年轻黑人的健壮的身体当中。而电影中以黑人女佣为代表的角色有几次异常表现，比如笑着流泪，就是她作为容器的突然觉醒，自我意志的短暂出现。

在我看来，张爱玲用短短七千余字描述的吴翠远在封锁中的故事，就是电光石火之间刹那的意志闪现。

闪现之后又怎样呢？

封锁铃再响起，封锁打开，整个上海做了一个不近情理的梦。梦醒之后，连梦的主人——吴翠远本人，也许都记不清刚刚发生了什么。

她只隐约有一种感觉，感觉自己不快乐。

# 06.

## 他们跑不了

《茉莉香片》

如果"张爱玲是学霸"是热知识，那"张爱玲学过心理学"就是温知识，而"张爱玲的心理学成绩比中文成绩还好"大概算得上冷知识。

在遗留下来的香港大学资料里，有一张成绩单显示张爱玲学过心理学，在众多学科中，她的心理学的成绩位居第二，比中文分数还要高。这就解释了为什么她的作品中常见心理分析段落，甚至心理分析还会作为一些作品的筋骨贯穿始末，比如《茉莉香片》。

小说的男主角叫聂传庆，原型是张爱玲的弟弟张子静。

张子静的长相随母亲，小时候漂亮得像个洋娃娃。可是他不如姐姐聪明，身体也不好，吃不了姐姐能吃的。他嫉妒姐姐，于是给姐姐的书本上画黑道道。

小时候某次吃饭，父亲打了张子静一个耳光。张爱玲相当震惊，拿起碗挡着脸哭。继母说：又没打你，你哭什么？张爱玲气极，放下碗跑去浴室，泪流满面地对着镜子说：我要报仇。就在这时，一个皮球打到浴室的玻璃上，啪的一声——原来是张子静在外面玩球。前脚刚挨打，后脚他就忘了，快快乐乐地又玩了起来。

这一类的事，他是惯了的。我没有再哭，只感到一阵寒冷的悲哀。

教育方面，张子静也没跟上。

父母离婚之后，母亲千辛万苦地为张爱玲争取到了更好的教育资源。之所以这么做，是基于一个简单的逻辑判断——张子静是男孩，他们不会不上心他的教育。可事实上，张子静在常年弥漫着鸦片烟的家里，饱受父亲和继母的"摧残"。

小时候他只能在家上私塾，因为父亲不认可现代教育，而且要把钱省下来抽鸦片，最后以"笔墨费用太贵"为由，不让他上学。张子静的教育被彻底耽误了。

张爱玲上高中，张子静才上小学，但其实他只比张爱玲小一岁。

两人也有教育程度接近的时候。张子静在圣约翰大学经济系读大一时，张爱玲转入文学系读大四，他俩常常能在学校遇见，不过后来姐弟俩先后退学，都没有拿到毕业证。

张爱玲十八岁从父亲家逃离，张子静的日子更加压抑，他决定效仿姐姐，也去投奔母亲，但遭到了母亲的拒绝。母亲说只能负担一个人的教育费，听完，张子静哭了，张爱玲在旁边也哭了。

就像张子静讲的，他好像一直是一个见证者，一个知晓张爱玲的故事的幸存者。

**姐姐在聚光灯下，他在姐姐旁边，却身处暗影，是个观众。**

成年后的张子静，仍然是一个没有去处的人，无论是父亲还是母亲，哪一边对他都是疏离的。

老年时他回忆，某次在姑姑家和姐姐聊天，聊得晚了，赶上饭点，姑姑直接下逐客令，理由是没有准备他的饭，让他下次如果来吃饭的话，要提前说。

不过姑姑也不是针对他，而是想跟他的父亲张廷重，也就是自己的亲哥哥划清界限——他们兄妹之间曾经有过严重的冲突。张子静跟着父亲长大，顺理成章地被姑姑视为张廷重那边的人。

1952年，张爱玲离开上海，张子静是去姑姑家的时候才得知的，姑姑打开门，只说了一句"她已经走了"，就把门关上了。

和姐姐的最后一面没有见到，同时，这也是和姑姑的最后一面。

一生未得到任何人的牵挂，这样的人会想尽办法，和别人发生点什么关系，只要有一点关系在，就还想联系——人总是要靠另一些人的存在来确认自己的存在的。

可张子静没有。

**没有人愿意与他联结。他生在所有故事的接缝处，是注定蒙尘的盲区。**

只有了解了张子静，才能看懂《茉莉香片》，这篇小说可以说是张爱玲通过虚实交织的叙事为弟弟苦涩的一生留下的注解。

男主人公聂传庆的长相几乎是照着张子静的轮廓描的——

蒙古型的鹅蛋脸，淡眉毛、吊梢眼，衬着后面粉霞缎一般的花光，很有几分女性美。唯有他的鼻子却是过分地高了一点，与那纤柔的脸庞犯了冲。

家庭背景也对得上：父亲和继母总是面对面躺在床上抽大烟，见到他就是冷嘲热讽，恶语相向。不论成绩好坏，父亲对他都没有好脸色。他就没有对的时候。他的耳朵微聋，是被父亲打的。

总之，聂传庆孤僻，没朋友，大家都不爱跟他说话，他也不喜欢和别人交往，尤其不喜欢和阳光开朗的人交往，因为那会让他的自我感觉更差。然而，偏偏班上有个叫言丹朱的女孩总是接近他。

言丹朱是张爱玲塑造的女性角色里面很特别的一个。

张爱玲习惯把镜头对准病态的地方，比如：曹七巧、顾曼璐；抑或是表现她们的为难，比如：长安、顾曼桢、王佳芝。

而《茉莉香片》里的言丹朱，天真、开朗、善良。她入学不久就成了校花，跟谁都交往得来，因此引得很多男孩为了她跃跃欲试。她最大的"毛病"也是这个，爱好无差别地交友，意识不到对方可能会误解，非得等到人家表白才觉得难办。

聂传庆就是她"无差别"的朋友。

她把他当女孩看待，一见他就想逗他，说让他开心的话，人家不回应，她就自顾自地说自己的事，比如谁在追她，她拒绝了，人家伤心了她又觉得不好办，等等。

言丹朱意识不到，自己的习以为常可能在别人的世界里是一种奢侈——这让她的每句话在聂传庆那里都变成了炫耀。

两人聊起选课，言丹朱说，选了父亲言子夜任教的文史课。一提到这个，她滔滔不绝，说父亲不让她选，因为在家里开惯了玩笑，怕到课堂上，女儿成了学生，还是要跟他开玩笑。最后还是言丹朱发誓说一定在课堂上保持安静，父亲才允许她选的。

这些话可能别人听了不觉得有什么，但放在聂传庆面前，简直是机关枪扫射一般的杀伤力，毕竟他在家里受惯了打骂，听不到一句好话，连做功课都要为父亲打牌让路。

更何况，言丹朱的父亲是言子夜。

比起亲生父亲，言子夜教授才是聂传庆发自内心认同的父亲——精神上的父亲。

很多年前，言子夜和聂传庆的母亲曾是一对，因为门第问题和各种机缘巧合，两人错过了。

后来，母亲一直过着忧郁相思的生活。

她是绣在屏风上的鸟——悒郁的紫色缎子屏风上，织金云朵里的一只白鸟。年深月久了，羽毛暗了，霉了，给虫蛀了，死也还死在屏风上。

母亲去世时，聂传庆四岁——这也是张爱玲的母亲黄逸梵第一次离开她出国时张爱玲的年纪。继母恨他，在他和父亲之间挑拨。父亲也因为亡妻从没爱过自己而恨他。两个人“有理有据”地苛待聂传庆。

母亲没等到言子夜，聂传庆开始想象另一种可能：如果自己是言子夜的孩子呢?

在他看来，自己和言丹朱最根本的差别，就在于母亲嫁错了人。母亲本该嫁给言子夜，他本该是言子夜的孩子，最后长成言丹朱这样的人。因为母亲的一个失误，言丹朱取代了他，抢走了他本该有的人生。

这种执念逐渐蔓延，聂传庆对言子夜的感情，也逐渐变成了迷恋。他觉得言子夜好看，他喜欢西装，可是见了言子夜穿长袍，他又觉得长袍好看，有一种萧条的美。

言丹朱长得不像言子夜，聂传庆觉得有点浪费。他想，如果自己是言子夜的孩子，那必然像他，能把他的样貌继承过来。而且，言丹朱毕竟是女的，她的阳光进取和乐于交友，多少沾一点滥交嫌疑。这些品质如果放在自己身上，那就不一样了，他能把它们发挥得更好。


在这些狂乱的假设里，他逐渐恍惚。

有次上课，言子夜点他发言，叫了几次名字，他都还在幻想里，站起来，也答不上来，最后闹了笑话，全班跟着一起大笑。

言子夜当堂大怒，骂他："中国的青年都像了你，中国早该亡了。"

他的精神父亲言子夜，居然对他说了这么重的话，聂传庆崩溃大哭。要知道，从前父亲把他打到耳朵微聋他都不哭，只是愤怒地盯着父亲。可见言子夜的话分量有多重。可偏偏言子夜又最恨人哭，他觉得眼泪是一种要挟，于是把聂传庆轰出了课堂。

精神父亲让聂传庆明白了一点，自己的那些"如果"，全都是苦果。


**聂传庆幻想的世界崩塌了。**

当晚是圣诞夜，学校办舞会。聂传庆不赴会，而是向丛山中走去，准备去透透气，散散心。

聂传庆走入山中，绕了个圈，回来碰上了刚散舞会的言丹朱。她赶上来找聂传庆说话，而且专门支开了众人，目的是替她父亲解释几句，希望聂传庆不要把今天的事情往心里去。

她跟聂传庆说，父亲之所以骂他，不是为了侮辱他，相反，是因为看重他，香港的学生中文都不好，只有他基础好，水平好，结果他却不会回答，父亲这才难免失望动气。

解释完，她又关心起聂传庆，问他为什么近来这样失常，是不是因为家里的事。如果有事，可以去跟她父亲说，她父亲一定会帮忙的。

言丹朱非常真诚，但她不知道聂传庆失常的症结正是她父亲。聂传庆爆发了，说她是自己吃饱了，把桌子上的面包屑扫下来给狗吃。

听完这话，言丹朱的相关画面变成了这样——

云开处，冬天的微黄的月亮出来了，白苍苍的天与海在丹朱身后张开了云母石屏风。她披着翡翠绿天鹅绒的斗篷，上面连着风兜，风兜的里子是白色天鹅绒……传庆从来没有看见她这么盛装过……背着光，她的脸看不分明，只觉得她的一双眼睛，灼灼地注视着他。

那一瞬间，聂传庆有点怀疑言丹朱爱上自己了。

他心里一动。他不喜欢言丹朱，但他希望得到言丹朱的爱，也需要得到，因为她的爱可以成为他的手段。

如果她爱他的话，他就有支配她的权力，可以对于她施行种种纤密的精神上的虐待。那是他唯一的报复的希望。

聂传庆瞬间态度转变，跟言丹朱表白起来，说她是父亲、母亲、创造者、天地、过去和未来，甚至说她是神。

虽说有点夸张，但也不无道理，假设言丹朱爱他，那么他等于间接得到了言子夜的爱，间接获得了来自言子夜的血液，在一定范围内修正了自己的基因。

言丹朱拒绝了。


其实像言丹朱这样的理想女性，放在其他作品里，很容易沦为一个完美工具人，存在的意义只是推动主人公的行为变化，但《茉莉香片》不这么写。

到底是张爱玲，她在极有限的篇幅下，用一两句话，补充了这个纯善的女孩不那么纯善的部分——她在拒绝之后，闪现了一瞬间的虚荣心，她很高兴，所有人都爱她，甚至连聂传庆这种怪异的男性都逃不过她的魅力。

原来言丹朱也不是一个一道阳光照到底的人，中间多多少少有点阻挡，阳光被折射了。

这样的设计让言丹朱这个角色立体了起来，在这么一个心理故事里和聂传庆来了个对打，她是父权制度的另一个病灶。

美好、上进、积极、人见人爱，这样完美的女孩子，为什么还会得意于得到一个被她视为同性的男孩的示爱呢？依旧要回归到父权。倾慕自己的男性越多，某种程度上象征着性魅力越强，而性魅力在传统父权世界里，是生存的本钱。

**对于爱的虚荣，本质上反映了女性的生存焦虑。**

或许是在虚荣心的驱使下，刚刚被熬干的救赎心又蓄满了，言丹朱追上已经走远的聂传庆。此刻的聂传庆，行为已经失控了，他从牙缝里挤出一句：我要你死，有你，就没有我；有我，就没有你。说完，他用蛮力按住她的头，几乎是想把她按回娘胎里，然后又猛踩猛踢，直到言丹朱没有了声音，他才停下。

在我看来，《茉莉香片》中聂传庆的行为动机，是出于"俄狄浦斯情结"，也就是对异性父母的乱伦欲望和对同性父母的竞争情绪。

首先，聂传庆把一切苦难的源头归于父亲，他憎恨父亲，想推翻父亲，但没那个本事。

他平时会偷偷找到父亲用过的支票，在上面龙飞凤舞地练习签字，他心想，这些钱早晚是自己的。被父亲发现后，父亲甩了他耳光，他知道，这顿打是因为父亲的恐惧。

父权之下，君臣父子之间总是暗藏着一些你死我活。

"没本事"，一方面是因为他年纪尚小，还没有取代父亲的资格；另一方面，经过这些年的精神凌迟，他早就已经被剥夺了"本事"。

小说里多次提到聂传庆的"女性化"：他的脸是女性化的；父亲平时也说他没有一点男子气概；言丹朱当着他的面不止说过一次，把他当女孩子看待。

在父权世界里，他从男人"降级"成女人，他的"本事"随着男性色彩的稀释，被渐渐剥夺了。他没本事推翻他憎恨的父亲，也因此无法真正地恋母。

在性别认同混乱的状态下，聂传庆打开了另一个通道——与已死的母亲"融合"，继承她的遗志，尤其是对言子夜的渴望。

因此，聂传庆对言子夜的感情非常复杂，包括儿子对父亲的爱、妻子对丈夫的爱、粉丝对偶像的爱，还有自爱。聂传庆无法把感情分为友情、爱情、亲情，分别给不同的人，他的感情很笼统，全部放在了同一人身上。

这就是为什么聂传庆在被言子夜骂和被言丹朱拒绝之后，会陷入疯狂。


小说最后用一句话交代了言丹朱并没有死。

"他跑不了。"

一方面，聂传庆逃不开自己的心魔，他逃不掉照镜子现原形的时刻，他的精神父亲言子夜势必要为女儿讨回公道。而他，也终究要面对"到底谁才是言子夜的孩子"这道题了。这会是他彻底分崩离析的时刻。

另一方面，其实是"他们"跑不了，父权制度下的男性由受害者转变为加害者，而父权制度下的女性依旧无法摆脱受害者的处境。聂传庆们和言丹朱们，从古至今没有错开的时候，从古至今这些纠缠都是没完没了。

# 07.

## 没有名字的母亲

《心经》

张爱玲常被人说有恋父情结，因为两任丈夫分别大她十四岁和二十九岁。其实张爱玲对于父亲的态度是十分矛盾和复杂的，无法用单一的"恋父情结"来概括，这在她的短篇小说《心经》中有一定程度的体现。

　　《心经》讲的是一对父女发展出隐秘的不伦情感的故事，其中的父亲形象，是张爱玲对父权制度进行解剖的手术刀，更进一步，张爱玲用它完成了一次精神上的弑父。

　　小说开始在女主角许小寒二十岁生日聚会的这一天。

　　聚会上，许小寒对同学段绫卿略带炫耀地说，我父亲记性特别好，没跟你见过面，都能记住你的电话号码。由此，许小寒开启了一轮又一轮以父亲为圆心的演讲。

　　聊了很久父亲，却从没听她聊过母亲，眼下她的生日会，母亲也不在场。这导致同学们怀疑她母亲已经去世了，或者她现在的母亲是继母。对此，许小寒的解释是，母亲是长辈，参加派对会搞得大家拘束，所以就不露面了。

母亲是长辈，父亲就不是了吗？

这里很妙，小说在人称上给许小寒的父母做了一个区分：许父是"峰仪"，而许母是"许太太"。

这是从许小寒的视角出发的。对父亲，她跨越辈分，关注到人本身；对母亲，她无视辈分，只留一个"许太太"，连母亲都未必是。


**她想取代母亲，她也得意于此。**


小寒是这样向同学们介绍父亲的——

（许小寒）又挽住了峰仪的胳膊道："这是我爸爸。我要你们把他认清楚了，免得……"她格吱一笑接下去道："免得下次你们看见他跟我在一起，又要发生误会。"

什么误会呢？她说之前有个同学撞到她跟父亲一起看电影，问是不是她男朋友。

介绍完了这一通，她开始拉父亲坐下一起玩。峰仪说自己一个老头子，在这没意思。这时候许小寒来了一句：少跟我搭长辈架子！

果然，父亲不是长辈。

聚会结束后，小寒和父亲的独处更是怪异。

父亲回忆起她刚出生的时候，算命的说她克母亲，所以家里打算把她过继给亲戚，送到北方去。小寒想，如果当初真的被过继了，父女关系大概也就被稀释了吧。

小寒道："我过二十岁生日，想必你总会来看我一次。"峰仪又点点头，两人都默然。半晌，小寒细声道："见了面，像外姓人似的……"如果那时候，她真是把她母亲克坏了……不，过继了出去，照说就不克了，然而……"然而"怎样？他究竟还是她的父亲，她究竟还是他的女儿，即使他没有妻，即使她姓了另外一个姓。他们两人同时下意识地向沙发的两头移了一移，坐远了一点。两人都有点羞惭。

张爱玲曾说自己把《心经》写得很晦涩，确实，很多情节需要推敲才能够捋清楚逻辑。

许小寒想的是，如果当初没有在父亲身边长大，那么他们就少了亲情的阻碍，她还顺便想到，也许那时候母亲已经被她克死了，那么他们之间最大的阻碍也不见了。

好疯狂的联想。

好在她忽然意识到：无论如何，自己都是他生的，这是改变不了的事实。想到此处，小寒和峰仪同时往沙发两头移了移——一个细思极恐的细节，因为两个人想到一块儿去了。

于是转变话题，聊到峰仪的白头发，气氛稍微缓和一点。

这里小寒有一个动作，她伸出一根食指，沿着峰仪的鼻子上下勾画。

《第二炉香》里，愫细就是这样用手指在罗杰安白登的脸上勾画。

《小团圆》里，九莉也是这样用手指勾画邵之雍侧面的轮廓。

在张爱玲的故事里，鼻梁打滑梯是一个相当富有爱意的动作，是情到最浓时的动作，有沉迷的意思，也有挑逗的意思。而这个动作被用在一对父女身上，让人不寒而栗。

诡异的暧昧氛围终结在许太太的第一次登场。

登场前，背景声是厨房的水声，有人在洗盘刷碗，紧接着是脚步声……峰仪听到脚步声，报信一般地说："你母亲来了。"

许太太登场。她进来也没有别的事，只是微笑着看了父女俩一眼，非常自然地做家务，临走前才有了一句无关痛痒的台词，问是谁抽烟了。


二十岁，代表一个人全方位地成年了，许小寒不想承认这一点，因为长大就不得不远离父亲，所以她才在生日聚会上显得那么多愁善感，也因为这一点，她对父亲的十拿九稳也变得有些微微晃动。

生日那天，小寒起哄一个叫波兰的女同学，带着众人一起哄笑，叫着"波兰跟龚海立，波兰跟龚海立"。龚海立是一个优秀的男同学，显然，波兰对他有意思。

小寒是个聪明女孩，她知道波兰的用心，也知道龚海立的用心。

龚海立喜欢的是小寒。小寒不喜欢人家，于是乱点鸳鸯谱，把事情搞得乌烟瘴气。在略微丧失了对峰仪的安全感之后，小寒想到一个办法，她要进一步把水搅浑，端出来给峰仪看。

她很快就展开了行动。

行动很简单，不过是拦住龚海立，问了句：你是不是跟波兰订婚了? 不等对方解释，她就转身跑开，看着像是要藏眼泪似的。

见效很快，第二天她便向峰仪呈上结果。她在闲谈时提到龚海立，漫不经心地说起昨天的事，在她问过那句话之后，龚海立跑去跟波兰对峙，问是谁在造谣，最后他吐出了真心，说这谣言万万不该让小寒知道啊!

这会子嚷嚷得谁都知道了。我再也想不到，他原来背地里爱着我!

原来，拉着别人陪她演了这么一出戏，最终目的是让峰仪吃醋——少女常用的爱情考验。


醋意她闻到了，目的达成，棋子可以抛掉了。她像开饭了扔下玩具就跑的孩子一样重新回到父亲身边，回归正题，说："我不过要你知道我的心。"

峰仪把她推开，接下来是一组了不起的镜头语言。

许小寒跑到阳台，背靠着门，峰仪追上了，却没越过门。父女俩隔着一道玻璃门对话，就像隔着一层伦理。峰仪说着未来的计划，他真的准备把她送到北方的亲戚家里去，他们必须得分开了。说这话的时候，他的手按在小寒象牙黄色的圆圆的手臂上——隔着玻璃。

袍子是幻丽的花洋纱，朱漆似的红底子，上面印着青头白脸的孩子，无数的孩子在他的指头缝里蠕动。小寒——那可爱的大孩子，有着丰泽的、象牙黄的肉体的大孩子……

这大概是峰仪内心的交战，这隔着的一层玻璃，可能也是他想不通的东西——父亲和女儿。

这场戏的结尾，是峰仪下定决心停止他在小寒身上的错误，而小寒则下定决心要拉住父亲不放。她想，也许父亲说要送她走，是被龚海立的事给激出来的气话。所以眼下最要紧的，是赶紧给龚海立介绍对象，撇清关系。

整篇小说，许小寒上蹿下跳一刻不停，读者很容易会以为，她就是一个爱搬弄是非的多情少女，而且还用错了情，直到此处，可能才会有所察觉：其实这一切不是自然发生的，背后是有"主谋"的。在小寒搬出龚海立之后，峰仪看似淡淡的，实际上他轻飘飘吐出的每一句话你都能品出一点酸味。

那个不动声色的父亲，才是操控者。小寒不过是他创造出来的提线木偶。

反转很快就来了。

一天晚上，小寒接到波兰的电话。

波兰是来"复仇"的，她说，看到一个女同学在电影院看电影，生日聚会这个女同学也来了的。至于跟谁看，波兰不直说，而是回忆起小寒跟父亲看电影，父亲被误认成她男朋友的事情。然而，这个女同学并没有父亲。

铺垫完毕，核弹引爆：陪这个女同学看电影的，是小寒的父亲峰仪。

还记得故事开头吗？许小寒在生日会上对一个叫绫卿的女同学说：我爸爸记得你的电话号码。小寒说这话，意在炫耀父亲记性好。而峰仪也曾对着小寒和绫卿二人说过："你们两个人长得有点像"。

张爱玲埋的伏笔，从不落空，总在意料外。

那个和峰仪一起看电影的女同学，就是绫卿。峰仪找到了小寒的替代品。

绫卿是一个怎样的女生呢？

两人走到一张落地大镜前面照了一照，绫卿看上去凝重些，小寒仿佛是她立在水边，倒映着的影子，处处比她短一点，流动闪烁。

张爱玲在这里安排了一组对照。有意思的是，这组对照是现实的反转。镜子里，小寒是绫卿水中的倒影，流动闪烁，有一点波纹就要破碎。现实中，绫卿代替小寒，和峰仪走在一起，是影子般的存在。

两人的性格也确实如此。

绫卿稳重成熟，对比小寒，她像是实心的。

那天生日会结束后，绫卿专门指出了小寒起哄波兰的事情。她说，你明明知道龚海立喜欢的是你，为什么还要跳起来拼命撮合他跟波兰？她还劝小寒，不要总做这种乌烟瘴气的事情。

单凭这一件事就能看出绫卿的聪明和成熟。她有敏锐的洞察力，同时不动声色，只在该开口的时候开口，点到为止。

绫卿的聪明和成熟是有原因的。

她很小的时候父亲就死了，母亲把她和哥哥抚养成人，给哥哥娶了媳妇，不久后哥哥也死了。她和母亲还有嫂子生活在一起。

绫卿道："都是好人，但是她们是寡妇，没有人，没有钱，又没有受过教育。我呢，至少我有个前途。她们恨我哪，虽然她们并不知道。"

这就是她的处境。

生活在男性角色缺席的家中，作为唯一有前途和有能力的存在，她必须充当男性角色。可她终究不是男性，她做了他们的工作，也就显示了自己的优越。这在两个凄苦女人的眼里，可能就是一种炫耀。

绫卿曾对小寒说想早一点嫁人，原因就在这里，这个家她待不下去，她想赶紧逃。

得知峰仪跟绫卿在一起了，小寒一瞬间进入抓狂状态。这时，她终于想起了母亲。

已经到了小说的后半程，这个家庭真正的女主人才算正式亮相。

在整篇小说的字里行间，许小寒和母亲之间几乎没有母女的感觉。比如：母亲向佣人说起小寒时，用到的代词是"小姐"；而小寒在佣人面前提到母亲时，说的也不是"妈妈"而是"太太"。

小寒抓住母亲"许太太"的身份，要母亲管管父亲："爸爸渐渐地学坏了。""这一个礼拜里，倒有五天不在家里吃饭。"

可许太太呢？她心平气和地说，大人都是有一些应酬的。然后转身就对老妈子说："开饭罢！就是我跟小姐两个人。中上的那荷叶粉蒸肉，用不着给老爷留着了，你们吃了它罢！我们两个人都嫌腻。"

这里可不是随便找了一样菜来填补情节，粉蒸肉也有它的用意。

《第一炉香》里有这么一句话："如果湘粤一带深目削颊的美人是糖醋排骨，上海女人就是粉蒸肉。"这里的"粉蒸肉"，很可能是在暗指小寒。峰仪不回来了，对你这块粉蒸肉终归是腻了。


**原来这个沉默的母亲并非真的不在场，她知道一切。**


母亲靠不住，父亲眼看着就要丢了，小寒又想起了龚海立。她跟父亲说，自己和龚海立订了婚。峰仪一副"随你便"的冷漠态度，想必找到了替代品也就下定决心不再拉扯。

小寒自以为厉害的武器当场哑火，只得再次跑去母亲身边闹，摔盆砸碗，跟母亲挑明了说父亲外面有人，跟绫卿同居了。

这对"情敌"一样的母女终于第一次打了明牌——

许太太道："我知道不知道，干你什么事？我不管，轮得着你来管？"

小寒把两手反剪在背后，颤声道："你别得意！别以为你帮着他们来欺负我，你就报了仇——"

撕下母女面具的两个人，露出了正室和侧室对峙的架势。

母女这边鸡飞狗跳的时候，父亲反而不见了。其实他就在同一个屋檐下，安静地整理文件，通知妻子自己要出差，云淡风轻地拂袖而去。

我记得第一次读至此处，像是被一桶冷水从头浇了下来，瞬间清醒。

从头至尾，峰仪风度翩翩，没红过脸，对谁都温情，是最好的好人。可越到后面，我们越会发现，他才是始作俑者，他牵制所有人，自己却置身事外。

他用柔情蜜意搭建了一个情感战场，在这里，女人们争得你死我活，连彼此的身份和关系都不顾了，好像有个黑洞，爱是诱饵，专夺女人的心智。

小说最后，小寒决定破釜沉舟，把事情捅到绫卿家里。

在绫卿家门口，母亲出现了，她把小寒骗回了家。原来母亲已经替小寒安排好了一切，她打点小寒到北方去，跟龚海立的所谓婚约，回头由她来收拾。她只要小寒在北方好好静一静，想清楚，无论是要继续读书还是要结婚，都可以，只要写信给她，她来安排。

她给小寒倒热牛奶，给她准备要带的行李，摸她的头发……小寒终于意识到，母亲首先是母亲。

而母亲也终于坦白了处于透明状态的这些年来，自己是如何生活的——

有些事，多半你早忘了：我三十岁以后，偶然穿件美丽点的衣裳，或是对他稍微露一点感情，你就笑我。……他也跟着笑……我怎么能恨你呢？你不过是一个天真的孩子！

斗兽场是如何搭建的呢？是在峰仪的鼓励和默许下渐渐形成的。

原来她们生活在这样简单而刻意的训练中，原来在某种训练之下，就连家庭，都会成为女人们的斗兽场。

母女俩好像从被夺舍（夺取意识）的状态中突然清醒了过来，母亲做回了母亲，女儿也做回了女儿。制造夺舍的人离席了，他终止了这场游戏，转而去另一片疆域搭建新的斗兽场，驯化新人。

这就是为什么比起恋父情结，张爱玲更多的是弑父情结，这篇《心经》就是她在文学上的弑父。

**这也正像张爱玲的母女关系——完成心理弑父后，母亲才终于具有了实感。**

张爱玲从小生活在父亲的鸦片窝里，母亲在她四岁那年出国，后来的成长中，母亲只是断断续续地露面。这个美丽而辽远的女人，跟她不熟。

小时候，父亲带她读书，给了她文学上的启发。尽管这个父亲十分不称职，但不得不承认，张爱玲最初的自信，也是一生中为数不多的自信，来自父亲。

她写《摩登红楼梦》，父亲批改，写章回标题。放学后，她会在父亲的书房里读书。有一段日子，她和父亲有固定的时间来闲谈文学。父亲为她的文学天赋感到骄傲，会拿她的作品出去炫耀。

张爱玲与母亲生疏，对继母憎恨，可是对于父亲，她在《私语》里写道：

我喜欢鸦片的云雾，雾一样的阳光，屋里乱摊着小报（直到现在，大叠的小报仍然给我一种回家的感觉），看着小报，和我父亲谈谈亲戚间的笑话——我知道他是寂寞的，在寂寞的时候他喜欢我。父亲的房间里永远是下午，在那里坐久了便觉得沉下去，沉下去。

直到十八岁，父亲在继母的挑唆下毒打她、囚禁她，过程中她得了重病，父亲不闻不问，她转而投奔母亲。而此时，那个不熟的母亲，才终于在张爱玲的心里有了母亲的样貌。母亲为她规划，拿钱给她上学，处处都替她安排好——尽管过程中也给了她痛苦。

父亲退场，张爱玲才不得不认清现实，那个她一直以来排斥着的母亲，才是真正的盟友——和《心经》里的母女关系如出一辙。

因此，理解《心经》的重点，就在于理解这个没有名字的母亲。

直到她被完全展开，我们才发现，很多纠缠与挣扎是父权操纵下产生的，用以维系父权的稳定与权威。在极端戏剧化的父女情断裂之后，小寒和母亲终于走到一起。换句话说，在这对母女之间，父权控制的失效，在于父亲欲望的转移。

**她们不是摆脱控制，而是被动地失去控制。**

现实中，张爱玲离开父亲后，除了有一次去要学费，她再没找过父亲，也再没提及过父亲。她是主动的。

前面提到，小寒和绫卿站在镜子前，小寒是绫卿的倒影。如今小寒这个倒影破碎了，病态的一切终于结束，峰仪走进现实，来到了具体的小寒，也就是绫卿身边。

病态的关系终止，可父权的控制依旧。

# 08.

## 女结婚员的终极价值

《琉璃瓦》

提到张爱玲的犀利尖锐，大家都不陌生，但很少有人会特别提到她的幽默。

1988 年，有谣言说她去世了。后来她在《对照记》中整理老相片，文章的最后附了一张近照，照片上的她已经做了双眼皮，头上是灰黑色的假发，人很瘦，神态比年轻时松快，手里举着一张当天的报纸，上面粗体大标题写着——"主席金日成昨猝逝"。

随照片她附上了一首诗。

人老了大都

是时间的俘虏，

被圈禁禁足。

它待我还好——

当然随时可以撕票。

一笑。

这就是张爱玲式幽默。

1947 年，由张爱玲编剧的喜剧电影《太太万岁》上映，据说那段时间上海一直是大雪天，即便如此，这部电影还是一票难求，票房一度超过同期上映的好莱坞大片。

这不是她第一次在喜剧上亮出功力。

早在1943年，刚过二十三岁的张爱玲，就写过一篇相当有灵气的小品《琉璃瓦》。

有个成语叫"弄瓦弄璋"，古时候指代生儿育女。"璋"是一种玉器，如果生了男孩，就把玉璋给男孩子玩，希望他将来有玉一样的品德。"瓦"是纺车上的一种零件，如果生了女孩，就用纺锤作为玩具，希望她将来能操持家务。可以看出，这里面是含有传统的性别期待的。

《琉璃瓦》的主人公姚先生家里有七个女儿，人们调侃他家是"瓦窑"。姚先生并不生气，虽然都是"瓦"，但瓦和瓦也不一样，他家的是"琉璃瓦"——因为美丽。

姚先生、姚太太大概有隐性的美貌基因。他们生出来的女儿不仅漂亮，而且是时髦的漂亮。市面上流行瓜子脸，他们就生瓜子脸，流行鹅蛋脸，立马生一个鹅蛋脸。

姚家的模范美人，永远没有落伍的危险，亦步亦趋，适合时代的需要，真是秀气所钟，天人感应。

他们虽然有"捏人"的本事，可就是"捏"不出儿子，不过这一点姚先生也想得很开——

女儿是家累，是赔钱货，但是美丽的女儿向来不在此例。姚先生很明白其中的道理；可是要他靠女儿吃饭，他却不是那种人。

姚先生在印刷所工作，他把大女儿静静嫁给了印刷所大股东的独生子。静静起先不太乐意，但嫁了以后大概培养出了一些感情，属于饭桌上两个人筷子碰到一起会脸红的那种。

按道理讲，经济条件好，感情也有了，应该是常规意义上的美满家庭了，但回门饭之后，小两口在回自己家的路上，发生了一段很微妙的对话。

静静老公说：你父母真好，对我没有一点长辈的架子。紧接着又说：有人说你爸爸把你嫁给我是为了职业上的发展。

不直接提问，只转达别人的观点，撇开主观色彩。但这两句话连起来听，"没有长辈架子"更像是"你父母对我硬气不起来"，甚至是——你们对我另有所图。

静静一听，急了，拼命否认这个说法。缓和下来后，两个人情绪平复，静静问：你相信我吗？老公回答的仍然是不相信。静静咬牙切齿地说：走着瞧。

为了证明自己嫁人不是另有所图，静静开始避嫌，不再跟家里人来往，母亲来看她，她也借故说不在。

读到这里，你是不是能品出点儿什么了？原来近百年来的精神控制手段不外如此，二话不说先给你个污名，再让你自证。静静就是这样，本能地自证，于是跟娘家疏远了。

　　吸取了这一次包办婚姻的教训，姚先生准备对二女儿曲曲"因势利导"，换个策略。

　　虽然他不赞成女人上班，但还是把曲曲推荐到了一家不错的单位去当秘书。在那里上班的人都是青年才俊，曲曲随便发展一个，大概率都是乘龙快婿。这样的好处是，从明面上看，一切都是曲曲自主的选择。

　　不能不感叹张爱玲的超前——现在很多家长对待子女婚恋的思路，跟姚先生并没有区别。

　　我就见过这样的家庭，经济条件并不好，也要砸锅卖铁送孩子出国留学，当然，为的不是学，为的是找对象。把孩子扔进有钱人堆里去，孩子随手一抓，大概率会是个不错的对象。时机也很重要，高中就得去，因为优质对象往往很早就被挑走了。这一切荒唐的举动都有统一的理论支撑：学历是最好的嫁妆。

　　不过小说里的曲曲是另一个路数，她在一众青年才俊里看上了一个最穷的。

　　姚先生得知，气得骂了曲曲一顿，倒没有直接嫌弃那个人穷，而是拐了个弯："你就是陪着皇帝老子，我也要骂你。"

　　曲曲的回答很到位——

我若是发达了，你们做皇亲国戚；我若是把事情弄糟了，那是我自趋下流，败坏你的清白家风，你骂我，比谁都骂在头里！你道我摸不清楚你弯弯扭扭的心肠！

不得不说，很在理。姚先生这样的父母很常见，"卖"女儿的事他们做不出，这指的是他们不会靠着女儿吃饭，也不会给女儿明码标价拿去做交换。可是，仅做到这一点，就能称得上"良苦用心"吗？

我看未必。

他们希望女儿找个有钱人，或许不是为了直接得到物质利益，但面子是肯定要的。至于女儿过得好不好，不是他们的首要关注点。

而一旦事情搞砸了，比如女儿被对象甩了，或找了个他们看不上的……他们一定会第一个站出来骂，就好像这样能在邻居说闲话之前显出自己有点先见之明，又或者是"被败坏"的家风能在他们刀刃向内的冲锋中得到一点挽回——苗虽然不红，但根还是正的。

可话说回来，他们毕竟是普通父母，骂归骂，在精神上把人折磨得不成样子之后，他们还是会收留女儿——至少不会把她扫地出门。做到这一点，他们在精神上的折磨也就好解释了，不过是爱之深责之切，恨铁不成钢。

曲曲和穷对象混在一起的事情被很多人知道了。姚先生想，家里还有其他五个女儿呢，为了她们考虑，得赶紧把曲曲打发出去，于是，从逼着她不嫁，变成了逼着她快嫁。

真到了谈婚论嫁阶段，就不能不看物质基础了，这下穷对象的问题显现出来了。没办法，姚先生就是那个兜底的父亲，他只能打碎牙往肚里咽。曲曲结婚，从房子、家具、衣服到婚后的一切花销，姚先生一手包办了。

这也是现在很常见的一种家庭关系的缩影。

精神上的折磨来自父母，物质上的托举也来自父母。子女一方面直接地感受到痛苦，另一方面又要看在托举的分上，不允许自己痛苦，为痛苦忏悔，长此以往，精神接近错乱。

总之，曲曲的事情就到这里，她是姚先生画坏了的一笔，是被牛粪糊了的琉璃瓦。

好在，姚先生的女儿还多。


三女儿心心也到了适婚年龄。心心是最乖顺听话的，她是一颗指哪儿打哪儿的子弹。因此，姚家夫妇希望用她来挽回前两个女儿令他们丢掉的面子。

他们给心心安排的是杭州一个富贵人家的嫡派单传青年——尊贵的"嫡系男孩"，名叫陈良栋。

姚先生考虑到心心内向害羞的性格，吃饭的时候，一桌安排了好几个人作陪，又考虑到心心的侧脸不如正脸好看，所以安排她和嫡系男孩面对面坐着。

到了介绍的那天晚上，姚先生放出手段来：把陈良栋的舅父敷衍得风雨不透，同时匀出一只眼睛来看住陈良栋，一只眼睛管住了心心，眼梢里又带住了他太太，唯恐姚太太没见过大阵仗，有失仪的地方。

所谓眼观六路，也不过如此。不过姚先生的眼睛不白忙，进展很顺利。回到家后，心心对这场相亲的反馈也很好。姚先生终于放心了。

可是，心心突然提出自己有点为难，因为相亲对象过不了多久要回北京，如果自己也一起去，她不舍得母亲。

姚先生在脱汗衫，脱了一半，天灵盖上打了个霹雳，汗衫套在头上，就冲进浴室，叫道："你见了鬼罢？胡说八道些什么？陈良栋是杭州人，一辈子不在杭州就在上海，他到北京去做什么？"

心心说，是陈先生呀，但不是对面的陈先生，是隔壁的陈先生。

姚先生下死劲啐了她一口，不想全啐在他汗衫上。他的喉咙也沙了，说道："那是程惠荪。给你介绍的是陈良栋，耳东陈。好不要脸的东西，一厢情愿，居然到北京去定了，舍不得妈起来！我都替你害臊！"

这一段阴差阳错写得精彩极了，也幽默极了。张爱玲是俯身看世界，提炼出其中的荒诞。

你想啊，假设心心看上了父亲计划中的陈先生，那必然是"乖巧懂事"。但现在她看上了父亲计划外的程先生，就成了"好不要脸"。

事情还有挽回的余地，可以再安排一场单独相亲，心心和嫡男子面对面，这样总不会认错。

可是心心坚决不肯——

没有看清楚，倒又好了，那个人，椰子似的圆滚滚的头。头发朝后梳，前面就是脸，头发朝前梳，后面就是脸——简直没有分别！

心心这边的算盘也落空了，一颗好棋就这么落歪了。


三个女儿，三个打击，姚先生病了。

大女儿静静哭着跑回来，说老公出轨了，要父亲为她做主。想当初，静静为了避嫌而对娘家人避而不见，如今免不了受到姚太太的一顿数落，姚先生则虚弱得开不了口，最终事情不了了之，静静被老公接回去了。

这也是在父母的威逼催促下乱结婚的一种常见结果：听他们的话结了，一心一意想过好，可一旦涉及利益或猜疑，就进退两难，只能硬着头皮往下过。如果想重回娘家，精神上的一番折磨是少不了的。

当"家"分成了"娘家"和"婆家"两边，且必须要选边站的时候，这个女人就已经没有家了。

小说最后，姚先生病愈，发现心心和程先生还在来往，他放弃了，再也不管了。

后来，剩下的四个女儿一个个成年，而且出落得一个比一个漂亮。姚先生也不闲着，年近五十还在制造新的琉璃瓦——姚太太又怀孕了。


这篇不到两万字的小说，无论是情节还是对白，笑点不少。但当你轻松地读完整个故事，又会感到张爱玲指出的问题是沉重的。

父权话语体系下，女性在一定程度上是被物化的。因为有美貌，所以是有市场价值的"琉璃瓦"，可又不至于被明码标价，无论是父母还是后来的丈夫，感情是有的，程度和纯度不能想罢了。女性只能接受这些充满杂质但终归还称得上是感情的东西，囫囵吞枣地咽下去，过一种"可以充饥但是绞痛"的生活。

最后只剩下疑惑：我究竟要的是什么？听话（或不听话）的我错了吗？

张爱玲指出的另一个问题，是催婚背后的隐性动机，我愿称之为"假想婿"。

之前有朋友被催婚所困，父母每天念经甚至以死相逼，后来父母寻思，是不是因为条件差所以结不了婚啊，于是借了很多钱给她买房子。父母给女儿买房子不稀奇，稀奇的是父母的目的。说白了，花大半辈子积蓄甚至借钱买房，为的竟然仅仅是一个女婿！

听到这个故事我相当震撼，顿时觉得，原来针对女孩的催婚背后有一个隐性动机，那就是"一个女婿半个儿"。

我们常见的故事是婆媳大战，可很少有人关注翁婿关系，因为矛盾和故事太少，说起来只有一团和气的"一个女婿半个儿"。因此，媳妇进家是威胁，女婿进家是增益。

可无论是琉璃瓦还是黄金瓦，女儿就是女儿，变不成儿子，顶多带回一个女婿（半个儿子）也好，就像游戏中抽到了SSR（超级稀有）英雄碎片，没有英雄，收集碎片也是幸运，也是希望。

# 09.

## 一个女人被隔离的一生

《花凋》

从张爱玲横空出世震惊文坛的那天起，人们对她的评价就十分矛盾，有一种既承认其才华，又不能太承认其才华的迷之纠结。因为相比一众男作家笔下荡气回肠兵戎相见的故事，张爱玲写的都是"茶杯里的风云"，男女间的小情小爱，"格局"不大。

然而，由于客观环境所限，女性身上的故事大多只能发生在闺阁里，历史上很少有女性可以不受限地到处乱跑，这也就决定了故事的"格局"不得不"小"。人们也逐渐形成一种固定观念——女性故事只有小情小爱，好归好，但是次等的好。

可是，为什么情爱就小呢? 为什么幽微的东西就是次等呢?

写被限制在特定环境下的女性，是另一种辽阔和宏大。张爱玲有一个短篇《花凋》，尤其体现了这一点。

这篇小说讲的是一个年轻女孩"一寸一寸地死去"的故事，它表现了东亚女性被隔离的一生——被父母驱逐，与姐妹争斗，被整个社会另眼相待。

故事的女主角叫郑川嫦。她的父亲郑先生是遗老，从不承认民国的存在，自打民国开始，他就没再长过岁数。

虽然也知道醇酒妇人和鸦片，心还是孩子的心。他是酒精缸里泡着的孩尸。

川嫦家在这么个"巨婴老爸"的带领下，日子过得非常局促，仿佛掉入了新时代和旧时代的夹缝，哪边都不挨着。他们欠了一屁股债，但又要打肿脸充胖子地维持旧贵族的派头，所以整个家散发着一股又穷又阔的矛盾感。

一家人住在一栋洋房里，但床只有两张，到了晚上只能打地铺。不过郑先生看得开，有钱就在外生孩子，没钱就在家生孩子，毕竟没钱的时候居多，因此家里孩子生个不停。

家里丫鬟老妈子不少，孩子也多，负担重，资源匮乏，有时连买钢笔头、补蛀牙的钱也没有。孩子们只能摸爬滚打，各显神通，谁有什么好衣服好袜子，稍不留神就被别人拿去穿了。

川嫦是家里女孩当中最小的，比她更小的就是弟弟了，因此，她是既受姐姐们的欺负，又被弟弟夺爱，可以说身处父母的爱波及不到的一个位置。

川嫦的成长过程中充满了退让和被 PUA（通过心理控制实现剥削）。

她向来穿姐姐们不穿的衣服，这样可以避免和她们吵架。流行的袜子她也不穿，因为姐姐说她穿这种袜子显腿胖，像德国香肠。最后给了她一件三姐不要的衣服，袖子都短了，但是姐姐说这么穿显得天真可爱。

不仅川嫦，其实郑家的女孩都活得很局促。

为门第所限，郑家的女儿不能当女店员、女打字员，做"女结婚员"是她们唯一的出路。在家里虽学不到什么专门技术，能够有个立脚地，却非得有点本领不可。郑川嫦可以说一下地就进了"新娘学校"。


女结婚员。


没想到吧，这个近年开始流行起来的词，出处在这里。

这个家不培养正常的女孩，每个女孩生下来就是奔着结婚去的，所以，在目标达成之前，她们同属货架上的商品，存在着竞争关系。直到姐姐们结婚了，竞争关系才得以缓和，不用争抢的日子里，川嫦渐渐地舒展和漂亮了起来。

然而没过多久，家里人就开始给她物色对象了。


这个部分张爱玲写了一种隐秘又精准，一般人很难察觉的心理。

郑夫人对于选择女婿很感兴趣。那是她死灰的生命中的一星微红的炭火。虽然她为她丈夫生了许多孩子，而且还在继续生着，她缺乏罗曼蒂克的爱……于是，她一样地找男人，可是找了来做女婿。她知道这美丽而忧伤的岳母在女婿们的感情上是占点地位的。

简直是拿显微镜看人性的程度。

像郑夫人这样的女人，一辈子最缺两点：一是性别上的认可，二是权力。好在生了一堆女儿，她可以在每个女儿身上重活一遍，让每个女儿弥补一点她曾经的缺憾。

至少，在择婿和成为丈母娘的过程中，她能获得一些尊严感和掌控感。


他们给川嫦找的对象叫章云藩，刚从国外留学回来，是学医的。

川嫦的理想型是个头高、肤色黝黑的男生，用今天的话来讲，大概是黑皮体育生类型。章云藩不符合这个标准，且性格又十分谨慎，一开始川嫦是不喜欢他的，但两人见了几面之后，川嫦反倒因为同样的理由爱上他了。

在大家眼里，两人的婚事基本上算定了下来。

也许为来为去不过是因为他是她眼前的第一个有可能性的男人。可是她没有比较的机会，她始终没来得及接近第二个人。

川嫦的父母特别认可这个准女婿，尤其是川嫦的母亲郑太太，已经开始打算让准女婿给她看病和拍免费 X 光片了。所以没过多久，郑太太就请章云藩来家里吃饭。

按道理，准女婿来吃饭，一家人总该体面点吧。川嫦父母偏不，前一天晚上，他俩为一件很小的事起了争执，第二天郑太太索性不起床了，在楼上待着。川嫦只能上楼请母亲下来。没过一会儿，老两口又在饭桌上吵得不可开交，甚至到了赌咒发誓的地步，郑太太说自己的孩子要是吃了剩下的零食，就"叫他们上吐下泻，登时给我死了"。

郑先生则撂下一句，你发这种毒誓，不就是仗着现在家里有医生给他治吗？

简直离谱！

相当于你的暧昧对象在你旁边坐着，你爸妈在你们面前吵成一团，还顺手把暧昧对象拉了进来，默认了你要嫁给他。还没完，郑太太拉着章云藩，边哭边诉苦，意思是自己遇人不淑，一辈子都牺牲给了这个家，但为了孩子，她不能离婚。

川嫦丢尽了人，当晚就难受起来，脸上发烧，一直不退。

本来她跟章云藩约好了第二天出去，但是病倒了，从此就没起来过。


在川嫦和章云藩之间，张爱玲是注入了一点感情的，只是非常隐秘，容易被忽略。

有一个小细节。在章云藩来家里吃饭的那个晚上，川嫦穿了一件不大合身的旧旗袍，很长，她站起来开灯，旗袍下摆滑过了章云藩的脚背，后来他老觉得脚背上隐隐约约地飘着一个旗袍角……

这之后，川嫦病了一个多月，章云藩天天来给她看病，发现她得的是肺痨。

看病的过程中，川嫦作为病人，免不了要把衣服掀起来给章云藩诊断。此处张爱玲的描写可以说是无声处听惊雷。

从前一直憧憬着的接触……是的，总有一天，……总有一天……可是想不到是这样。想不到是这样。

她眼睛上蒙着水的壳。她睁大了眼睛，一霎也不霎，怕它破，对着他哭，成什么样子？他很体谅，打完了针总问一声："痛得很？"她点点头，借此，眼泪就扑地落下来了。

首先是这里的文笔，写眼泪噙在眼里，是"眼睛上蒙着水的壳"。其次是川嫦和章云藩的心照不宣，章云藩的询问给川嫦找了个台阶下，让她有理由哭，不然她会更屈辱。我每次看到这里必然要泪目。

这么照顾了很久，川嫦依旧没有好转的迹象。

她的肉体在他手指底下溜走了。她一天天瘦下去了，她的脸像骨格子上绷着白缎子，眼睛就是缎子上落了灯花，烧成了两只炎炎的大洞。

川嫦之前是有点肉的女孩，小说开头也写了，"川嫦从前有过极其丰美的肉体"。小时候她穿彩色袜子，姐姐还说过她显胖。那么再对比现在，病情确实是比较严重了。章云藩比川嫦大很多，家里人一直催他结婚。

所以这时候两个人再次心照不宣，彼此都知道对方心里是怎样的一种着急。

又过了好一段日子。有天打完针，屋里安静了，川嫦以为章云藩走了，过了一会儿又听见章云藩把桌上的药瓶挪了挪，然后低低地对川嫦说："我总是等着你的。"

一句"痛得很"，一句"我总是等着你的"——两个一闪而过的瞬间，能媲美许多波澜壮阔的爱情史诗。

然而，张爱玲一贯的写法就是先给一点希望，下一秒就让你一脚踩空。

病了两年，川嫦的肺痨转成了骨痨，这时候，她也隐约知道章云藩有女朋友了。

我们不能用所谓道德去评判章云藩，毕竟他在没有确认男女朋友关系的前提下，还坚持了快两年。一切都是云淡风轻的，是旗袍角擦过脚背的感情。

后来川嫦见到了章云藩的女朋友，有一段很有意思的描述。

她脱了大衣，隆冬天气，她里面只穿了一件光胳膊的绸夹袍，红黄紫绿，周身都是烂醉的颜色。川嫦虽然许久没出门，也猜着一定是最流行的衣料。穿得那么单薄，余美增没有一点寒缩的神气。她很胖，可是胖得曲折紧张。

什么叫"胖得曲折紧张"？其实就是说这个女生是丰腴性感的，胖是胖，但人有大幅度的曲线，是很好看的。

那么问题来了，为什么在这里张爱玲不能直说，非要用"烂醉"和"曲折紧张"来形容？因为这是川嫦的视角，川嫦在看情敌。她看到的事实，她自己又不能承认，不能在心里给这个女生说好话，不然她会更屈辱。

张爱玲是大师，写到谁，就带上谁的眼睛。


川嫦病得厉害，自尊心也跟病情成正比。

她在章云藩女朋友来之前，往桌上放了一张自己之前好看的照片，那个女生一来就看见了照片。川嫦本以为她会问这是谁——毕竟自己现在已经瘦脱相了。结果女生上来就问她在哪个照相馆照的，然后说拍得不好，把人照得像个囚犯，最后补一句，不过你好上相啊。

乍一听是在夸人，但仔细一琢磨，人家的意思是，照片像囚犯，而本人还不如照片。

更屈辱的还在后面。

郑先生开始算钱了，他的意思是，看川嫦这个样子也好不了了，估计是个无底洞，不能再给她花钱了，毕竟自己连姨太太都养活不起了。

这里有个没明说的细节。前面川嫦父母吵架时提过，姨太太是生了个儿子的。这是功臣，怎么能不好好养着呢？如果要牺牲，只能挑"赔钱"的牺牲了——川嫦就这样被父亲放弃了。

母亲还是想给她买点药，但自己又不方便买，因为这会暴露她有私房钱。她就跟川嫦商量，准备道德绑架章云藩，让他去买药。理由是，他是医生，又跟川嫦好过，现在有对象了，转头不管她了，这不叫人说闲话吗？所以他不得不给她买药。

其实就是摆明了要纠缠章云藩。

川嫦是个要强的人，眼看着爱情和亲情一一破灭，连带着她对于生的希望也破灭了，她完全绝望了，由内到外，一寸一寸地死去，一点一点地消散了。


川嫦决定出去买安眠药自杀。

她让一个老妈子背她下楼，她像一个大白蜘蛛一样趴在人家后背上。

是不是很像《变形记》？格里高尔一觉醒来变成了甲虫，川嫦病了一场变成了大白蜘蛛。受到的待遇也一样：格里高尔被家人排斥，他想见母亲，结果被父亲的一个苹果砸到，直接嵌进了身体，他死了以后，全家人如释重负；川嫦也是如此，她有人的感情，但她脱离了人的形态。

到处有人用骇异的眼光望着她，仿佛她是个怪物。她所要的死是诗意的、动人的死，可是人们的眼睛里没有悲悯……只要是戏剧化的，虚假的悲哀，他们都能接受。可是真遇着上了一身病痛的人，他们只睁大了眼睛说："这女人瘦来！怕来！"

《花凋》背后的哲学思考和《变形记》是同步的。

小说的最后，川嫦依然病着，但有时候也很乐观了，她闻枕头上太阳的味道，看窗外一小块青色的天空，听外面小孩的笑声……

有一天，母亲给川嫦买了一双皮鞋。现在她太瘦，鞋穿着太大了。川嫦说，以后再胖起来可再也不减肥了，不过这皮鞋料子好，能穿好几年的。紧接着话锋一转——

她死在三星期后。

先给你一点小小的美好，下一秒就让你踩空。极致的张力。


《花凋》是一个很贴张爱玲生活的故事，小说里郑先生的原型是她的舅舅。她母亲黄逸梵是龙凤胎，舅舅是母亲的同胞兄弟。

小说里郑先生跟正室生了几个女儿，跟姨太太生了个儿子。现实中她的舅舅跟正妻生了五个女儿、三个儿子，在外面跟姨太太还有两个女儿。在《花凋》发表几年后，舅舅和家里的女佣又生了个女儿。

张爱玲小的时候，常跑到舅舅家跟表姐们玩。舅舅对她很好，每次张爱玲对某件事或某个人打破砂锅问到底的时候，舅舅都会一一回答。然而这些事情到了张爱玲成年后被写进小说，舅舅在小说里成了那个打民国后就没长过岁数的"孩尸"，可想而知，舅舅当然很生气，从此与张爱玲几乎不再来往。

小说里的川嫦，原型是三表姐黄家漪——她和张爱玲关系最好。家里姐姐多，黄家漪熬不出头，只有等姐姐们出嫁后，她才漂亮起来。但她并不想当女结婚员，她一直盼望着等父亲有钱了，送她去大学读书。可这个理想还没实现，她就已经被肺痨打垮。

小说中的章云藩也确有此人，原型名叫唐欧洲，是一位很有名的青年医生，自己研制了止咳药丸，报纸上经常刊登他的广告。如此看来，他和三表姐的理想一致，都是先进的青年。可惜两人走了岔路。人在时代和命运下，总是身不由己的。

张爱玲虽身处其中，却一直是一个冷静的观察者。我想到胡兰成的话——

无论她在看什么，她仍只是她自己，不致与书中人同哀乐，清洁到好像不染红尘。

……爱玲可以与《金瓶梅》里的潘金莲、李瓶儿也知心，但是绝不同情她们，与《红楼梦》里的林黛玉、薛宝钗、凤姐、晴雯、袭人，乃至赵姨娘等亦知心，但是绝不想要拿她们中的谁来比自己……她是陌上游春赏花，亦不落情缘的一个人。

　　陌上游春赏花，亦不落情缘。这是《花凋》留给我们的对张爱玲的另一个认识。

# 10.

## 社交网络时代的
## "振保们"

《红玫瑰与白玫瑰》

《红玫瑰与白玫瑰》是大众最熟悉的张爱玲作品之一，其中有一段话广为流传——

　　也许每一个男子全都有过这样的两个女人，至少两个。娶了红玫瑰，久而久之，红的变了墙上的一抹蚊子血，白的还是'床前明月光'；娶了白玫瑰，白的便是衣服上沾的一粒饭黏子，红的却是心口上一颗朱砂痣。

　　从小时候看到它的第一刻起，我就把它背会了，我猜很多人和我一样。这也是为什么"红白玫瑰理论"在后来关于两性关系的讨论里，总是作为原理和常识出现。

　　它还衍生出了各种变体，比如陈奕迅的两首歌，一首普通话版《红玫瑰》，一首粤语版《白玫瑰》。

　　两首"玫瑰"共用一个旋律，歌词上分别对应题目的红与白，形成一组对称，到副歌部分收束，《红玫瑰》唱的是"得不到的永远在骚动"，《白玫瑰》唱的是"得不到的从来矜贵"，一个意思。

"红白玫瑰理论"不断地被精炼和传播，成了一条铁律，让我们常常挂在嘴边。无论是心系初恋白月光，还是忘不掉八百年前的前任，抑或是谈及如何"钓鱼"……抛一句"得不到的永远在骚动"，可以是解释，可以是方法论，永远行得通。

某种程度上，要多谢张爱玲，是她最早提出这个两性领域的伟大理论，地位无异于情感界的"日心说"。

《红玫瑰与白玫瑰》的男主角佟振保，出身微寒，他从英国留学归国，没有家人支持，也没有贵人提携，一个人赤手空拳地在一家老牌公司里爬到了很高的职位，有了不错的收入。

振保有这番成就跟品行上的自律分不开。

他是出了名的大好人，一切世俗层面上"好男人"的标准，他都具备——对母亲，他孝；对兄弟，他帮；对朋友，他义气热心；对工作，他全心全意，火爆认真。

可好男人终归也是人，也有欲望冒上来的时候，尤其是性欲。以前在国外留学，振保有过一次嫖妓经历。

那是在巴黎，他第一次招妓，不太愉快。他厌恶这个女人，廉价的香水，散乱的头发，过长的男性化的欧美女人脸。当然，最厌恶的还是这个女人的小动作。欧美人体味较重，女人总是不放心这点，时不时抬起手臂闻一闻，甚至从浴室出来，胳膊撑在门框上的时候，她都要微微偏头，以检查自己是否有狐臭。

和她在一起的三十分钟是最羞耻的经验。

振保感到羞耻是因为嫖妓这件事不道德吗？不是。是因为自己和一个厌恶的女人发生关系吗？也不是。实际上，振保的羞耻仅仅来自那个女人对体味的不放心，那种小心翼翼的遮掩和心虚检查的习惯，很像他自己。

振保出身微寒，一路靠自持经营着人生，"小心"势必贯穿他的每分每秒。而在这样一个时刻，他都不能踏实地放松，竟还在不断地被人提醒自己的来路。

愤怒、悲凉、自怜，种种情绪最终杂糅成羞耻。

从此之后，振保下定决心，不能被这种随时随地的提示支配，他得创造一个属于自己的世界。他描绘的那个世界，就是后来呈现出来的完美好人的世界。


振保认识了一个叫玫瑰的女孩，他觉得玫瑰不错，是正经女人，但玫瑰的性格风风火火，他又觉得还是少招惹为好。毕竟这是在国外，她的潇洒和这里的风气融为一体，相当和谐。可振保终究要回国，带回去一个这样的老婆，那就水土不服了，会破坏自己苦心经营的人设（人物设定，指形象）。

所以，最终他和玫瑰什么也没发生。

遗憾虽有，但振保捞到了更金贵的东西——一个"坐怀不乱的柳下惠"的名声，一层柔光滤镜就这样加在了他身上。

毕业回国，振保顺利进入一家大公司，因为离自己家远，他投靠到了朋友王士洪家。这时候才算正文开始，全是名场面。搬家当天就见到了王士洪的太太。

内室走出一个女人来，正在洗头发，堆着一头的肥皂沫子，高高砌出云石塑像似的雪白的波鬈。

王太太带着一头高高的沫子和王士洪讲话，指挥东西怎么放，随后才想起来跟振保打招呼，想握手，手从头发上的泡沫里抽出来，觉得不方便，于是点点头问好，一边把沫子抹在浴袍上。

这一幕，无论在文学领域还是影视领域，都是经典的一幕。

电影版王太太的饰演者是陈冲，她贡献了完美贴合我想象的王太太出场的表演，大方活泼，风风火火地大笑，整个人像是没有多余的思虑坠着，非常轻快。

这样一个带着水汽和热气扑面而来的女人，让振保恍惚了，王太太像他在英国认识的玫瑰，她们俩的身影在他心里几乎重叠在了一起。

振保的情欲蠢蠢欲动，即将破土而出。

振保听说了一些八卦：这里之前住了另一个房客——孙先生，后来大概和王太太有了点什么，被王士洪赶出去了。听完，他愈发蠢蠢欲动。一方面因为她有这样一个不规矩的传闻，像极了玫瑰的潇洒；另一方面，王太太比玫瑰更加长在振保的审美点上——他就是喜欢"热"的女人。

这顿晚餐，王太太艳光四射，头发还没完全干透，光莹莹掉着水珠就出来了。于振保而言，这简直是肆无忌惮的撩拨。

更何况，王太太本就是娇媚又孩子气的女人，这在男性世界里是最危险的配置。她的所有娇媚撩拨，都可以被解释成有意或无意的孩子气，哪怕是得罪人，也会因为孩子气而显得可爱。

王太太对振保说：不要叫我王太太，连名字都没有，好没意思。

她找了张纸歪歪扭扭地写下名字：王娇蕊，三个字越写越大，到最后索性拆成三个字。她是华侨，对中文不熟。

有了名字，王娇蕊洗脱了"王太太"的身份，对振保而言，"朋友妻"这一层道德障碍骤然变薄。

她在那间房里，就仿佛满房都是朱粉壁画，左一个右一个画着半裸的她。

振保陷入了情欲的挣扎。

他是好人、正经人，在他正确的世界里，王娇蕊这样的女人是悖德的、可耻的。他多少有点看不起王娇蕊，连带着也看不起王士洪，他觉得士洪就是被这样的女人消磨掉了男子汉的志气。

想着想着，他又想到了自己和士洪的不同。

当然，王士洪，人家老子有钱，不像他全靠自己往前闯，这样的女人是个拖累。

字里行间酸酸的，内心深处是相当嫉妒的。说白了，不是不想要，是没那个条件。

佟振保搬入王家不久，王士洪就要出差，临走把太太托付给振保，说彼此有个照应。振保经营多年的完美人设，多年前那个"柳下惠"的名声，如今到底是用上了。

王士洪走后，王娇蕊立马行动，约了传闻中的孙先生来家里做客。孙先生还没到，娇蕊就把振保叫住了，让他坐下先一起吃点下午茶。

这时候振保还是批判的态度，他看不起王娇蕊，人家喊他过去，他想的是：这个女人好歹毒的手段，勾搭孙先生，怕我捅出去，连我也一起吊着。

然而，上一秒还充满防备，下一秒就滑跪了。娇蕊请他喝茶，问他要不要加奶，没等他说就自问自答：哦对了，你喜欢清茶，你昨天说的。振保跟她客气，说她记性好。娇蕊微微瞟了他一眼说："不，你不知道，平常我的记性最坏"。

佟振保怦然心动，瞬间忘了在好人世界里，王娇蕊这么一个危险人物本该如何提防。

紧接着，王娇蕊又是叫他给自己的面包抹花生酱，又是写了张字条把已到家门口的孙先生打发掉，还总是一语双关，一会儿说"我顶喜欢犯法",一会又说他太克制,做一个贪吃爱玩的人不好吗?几句话就让振保五迷三道了。

等王娇蕊谈到"我的心是一所公寓房子"的时候,振保的戒备心早就蒸发了,甚至顺杆儿往上爬,说自己住不惯公寓,要住单幢的。

就此,开关打开。

振保想出了一套逻辑为自己开解:反正王娇蕊不老实,情人多一个少一个,对王士洪来说应该也没什么分别。可是,振保又很快意识到了不该这样,毕竟自己是有追求的,要在完美世界里当主人,于是他开始主动保持距离。

一个雨天,气温骤变,振保趁午饭时间回家拿大衣。衣服挂在起坐间,王娇蕊就坐在旁边,默默地点烟,定睛一看,并不是在抽烟,是在点他留在烟缸里的烟蒂。

收集烟蒂,也是张爱玲对胡兰成做过的。

这是个关键节点,王娇蕊对佟振保真动心了。

当初家里送她出国留学,目的是借留学打入这个圈层,借此找个好人家嫁掉。可王娇蕊出国后并不着急嫁人,玩了好几年,把名声玩坏了,才抓了个王士洪结婚。她对婚姻从最开始就是不满的,这就是她为什么表现出连贯的"不规矩",走了一个孙先生,又来一个佟先生。她动心,是早晚的事。

这一幕在振保眼里可不一样，它大写加粗了王娇蕊身上最动人的魅力。

只有被惯坏的孩子才会对得不到的心心念念，王娇蕊这副样子，分明是情场上弹无虚发太多年，没见过像自己这样的正人君子——这种振保臆想出来的孩子气，让他心里那个理想化的自己更光辉了。

良好的自我感觉，加上王娇蕊实实在在的诱惑力，内外因合在一起，哪怕是背德，在振保的世界里也足以自洽了。

之后不久，两个人就发生了关系。第二天起床，振保在自己的头发里发现了一牙王娇蕊的红指甲。张爱玲写起这些事来从来都不直说，但比直说更惊心，她说那一牙指甲是"小红月牙"。

昨天晚上忘了看看有月亮没有，应当是红色的月牙。


王娇蕊告诉振保："你要的那所房子，已经造好了。"就是之前调情时振保说的要一人独住的心房。振保忽然呆住，但也不扫兴，拿笔写了一行字："心居落成志喜。"

其实也说不上喜欢，许多唧唧喳喳的肉的喜悦突然静了下来，只剩下一种苍凉的安宁，几乎没有感情的一种满足。

这让我想起那句著名的话："见了他，她变得很低很低，低到尘埃里，但她心里是欢喜的，从尘埃里开出花来。"

当初张爱玲把这句话题在自己照片背面赠予胡兰成。多年后，胡兰成在自传里写道："我亦只端然地接受，没有神魂颠倒。各种感情与思想可以只是一个好……且连喜怒哀乐都还没有名字。"

**佟振保的"苍凉的安宁"和"没有感情的一种满足"，与胡兰成的"好"和"没有名字的喜怒哀乐"如出一辙。**

写《红玫瑰与白玫瑰》的时候，张爱玲跟胡兰成正在热恋。胡兰成的心思对应了小说里的振保，不知是巧合还是张爱玲敏锐的触角捕捉到了一些肉眼不可见的信息素。

两人确实很像，都出身贫寒，都有训练出来的绅士风度，振保构建他理想中的好人世界，胡兰成也自圆其说地给自己打造了一个指点江山、美女环绕的理想人设。五官里藏着一个"探头探脑的泼妇"，是《小团圆》里张爱玲对邵之雍的形容，用在振保身上也合适。

《红玫瑰与白玫瑰》似乎隐含着鼎盛时期张爱玲的某种预感。

这个预感虽没有明确地被她捕捉到，但一定存在于她的潜意识里，才让她不由得写出了这样一个男人。

王娇蕊对佟振保多次表明了自己的真心，说等丈夫回来就摊牌。

不久后，她真这么干了，甚至没等到丈夫回家，就先写了封信，把事情交代得一清二楚，诉求也说明白了，就是要自由。而这时候的振保，反应简直可笑。

振保在喉咙里"嘎"地叫了一声，立即往外跑，跑到街上，回头看那峨巍的公寓，灰赭色流线型的大屋，像大得不可想像的火车，正冲着他轰隆轰隆开过来，遮得日月无光。

这篇小说里，公寓这个意象出现了三次。

第一次是两人调情，振保说要霸占娇蕊心里的公寓房子。第二次，娇蕊动了真情，把心里的公寓腾空交给了振保。第三次，振保的"愿望"不仅成真，甚至让第三个人知道了，此时，公寓不再美好，反而变得硕大可怕，像个梦魇。

振保生病了。王娇蕊去医院看他，不管她说什么，他一律翻身不听。王娇蕊大哭，振保只能找借口打发她道：我不娶你不是因为不爱你，是因为我母亲不同意，我是大孝子，得顾及她。而且我跟你老公是朋友，社会也不会同意。

他让娇蕊马上给王士洪再写一封信，说是开玩笑的，编瞎话是为了吓他，好让他一怒之下早点回家，归根结底还是太想他了。

王娇蕊听了，没说话，站起来就走了。


母亲也看出了振保和有夫之妇的不清不楚，他一出院，就拼命催他结婚。振保在一众对象里挑挑拣拣，最后随手点了个孟烟鹂出来，就好像超市购物券明天过期，不花白不花，随手捡点什么。

孟烟鹂瘦瘦白白，像个未发育完全的少女，待人接物全无经验，甚至有点笨，在房事上也是空白，兴趣不大。振保尝试过让她感兴趣，但没成功。振保要的是"热"的女人，孟烟鹂完全相反，怎么可能到达他要的高度？

这下振保更加没有道德负担了，开始嫖妓，三周一次——他这么一个自律的人，在这方面也很有规划，大概是J人（计划性强的人）。

孟烟鹂一个人操持着家务，和婆婆艰难地相处着。因为笨拙，家事总做不好，婆婆和丈夫当着佣人的面就训她。日子久了，她成了家里最没地位的人，连佣人脸上都有看不起她的表情。加上她生的是女孩，婆婆跟她怄气，振保无法调停，最终，婆婆一气之下搬回了老家。

振保则更生气。他两边都气：原以为孟烟鹂柔顺，没想到婚后露出真实嘴脸，竟也是个会跟婆婆起冲突的；母亲那边他也没放过，他气母亲太任性，就这么搬走了，这要传出去，他这么多年的孝子名声不就大打折扣了？

从多年前那个法国妓女开始，再到王娇蕊、孟烟鹂，甚至自己的母亲，没有一个是好的，全都让他的世界摇摇欲坠。

**都是破坏他心中完美世界的坏女人！**

婆婆走了以后，孟烟鹂的日子更绝望。振保对她施加冷暴力，也不鼓励她交朋友。她每天听无线电，只是为了家里有一点人声，偶尔她会跟孩子诉苦，被振保发现，不久就把女儿送到寄宿学校了，家里彻底安静。

孟烟鹂患上了情绪性的便秘症，一去厕所就是几个钟头，那里是一个名正言顺的安全屋。

这种情绪上的憋闷最终反映在生理上的情节，大概率来自张爱玲自己——她弟弟张子静晚年回忆里提到过张爱玲是有便秘症的。

又是一个雨天，和多年前振保看见王娇蕊点烟蒂的那个雨天一样。

振保出门，下起了雨，他拐回家去拿大衣，撞见孟烟鹂和一个长着癞痢疤的裁缝在一起。裁缝没穿雨鞋，包袱也是干燥的，可雨已经下了好一阵子，说明裁缝来很久了。从动作上判断，这两个人是发生了关系的。

佟振保搭建了一辈子的理想王国彻底崩塌。他开始公开嫖妓，有时候索性不回家，最后连养家的钱都不给了。

小说的结尾，振保回家，看见孟烟鹂穿一身黑衣，在跟弟弟笃保谈话，显然是诉苦，把他那些荒唐事讲出去。笃保走后，振保化身桌面清理大师，把柜子上的东西全都扫下去，弄了个粉碎，又抄起台灯的铁座子，砸向孟烟鹂……她转身往外跑，振保也不去追，直接把灯关了，睡觉。睡到半夜，振保起来开灯——

地板正中躺着烟鹂的一双绣花鞋，微带八字式，一只前些，一只后些，像有一个不敢现形的鬼怯怯向他走过来，央求着。

他感觉那个好人世界里善良的空气好像渐渐回来了，"第二天起床，振保改过自新，又变了个好人"。


张爱玲在创作《红玫瑰与白玫瑰》的时候，还专为这双鞋画过一幅画。这显然也是结局中的重点。

起初我看到这双鞋，很怕再往下读会是镜头上移，出现孟烟鹂上吊的尸体，但没有，张爱玲甚至没写这个场景下孟烟鹂在哪里。读了很多遍之后，我觉得肉身的悬念已然不重要了，孟烟鹂早已完成了精神上的自缢。

结尾振保重新变回好人，捡回了那个他一直以来的人设。他的人设是不可能有短板的，因此，无论孟烟鹂物理上的生命是否还存在，她的意志都一定不存在了。


**精神自缢，只剩下一双一前一后排列的绣花鞋。**


至此，张爱玲创造出了文学史上两个经典的女性形象，并衍生出沿用至今的红白玫瑰标签。

作为白玫瑰，小说里的孟烟鹂沉默、悲凉、别无选择。

她认为她是爱丈夫的，毕竟她的生活里没有别的男人，此前的人生经历也是空白。一切郁结、堆积，成为便秘症。唯一一次算得上自主的选择，是和裁缝的暧昧或出轨，被丈夫撞见的同时，便秘似的样子也被丈夫撞见了。

她注定了要精神自缢。

相比孟烟鹂，红玫瑰王娇蕊这个形象更为大众所熟知。在张爱玲笔下的女性形象里，王娇蕊是数一数二地有生命力。

这并不容易。我们认识了这么多"玲女郎"，几乎每个人身上都有些许死感，可王娇蕊没有。

她像刚出生的婴儿，所有被她看见的，她都学习效仿，所有被她吃进去的，她都吸收营养。她曾经也是混沌的，凭借着一股本能乱撞，所以不安分。可是到了振保这里，不安分的东西破土而出，原来这就是爱一个人。

她学习了爱的本领，马上就有了匠人精神，成了"爱匠"，专精打磨，把过去抛掉，离婚。可谁知，爱上了软弱的伪君子。她立刻破灭了，不纠缠也不追问，甚至不回头，说走就走了。


多年以后，王娇蕊和佟振保在电车上相遇。

此时的她已再次嫁人，有了孩子，样子渐老，打扮还是精致的。寒暄过后，振保忍不住，问她爱不爱现在的丈夫。娇蕊回答得也大方，说是从振保那里离开时才学会了爱，虽然吃了苦头，但爱是好的，以后也要爱，总之往前闯，碰见什么是什么。

振保马上冷笑，说无非是碰见男人——他还沉浸在红玫瑰叙事里，浅薄地单方面预设着。

王娇蕊答道，以前年轻漂亮，确实总是碰到男人。现在年纪大了发现，除了男人，还有别的。

这就是新生的婴儿，眼睛看到什么，就学什么；吃到什么，就吸收什么。打开了成长的开关，无论酸甜苦辣，她都成长，变得更丰沛，因此也就更不惧怕。

当然，振保想不明白这一点，因此受到刺激，忽然就哭了。

年轻时，王娇蕊很喜欢男人为她吃苦受罪，如今却不同，她让他沉默地哭，告诉他：你到站了——其实早就到站了，从那天王娇蕊离开医院，他就已经被她扔下，她轰隆隆地开走了。


实际上，振保的痛苦就在于一点：他要当好人，他想要一个极致的世界，那么这世界里势必不可以有脏东西。可问题是：承载他欲望的和他理想中的，两者在标签上是分裂的。

振保理想中的女人，用服装来形容，大概是白色纯棉连衣长裙，搭配红色蕾丝内衣和黑色网袜。

她必须外表清纯，与他"柳下惠"的高尚人设配套，同时他又需要这个女人关上门来就能摇身一变，成为一个"热"的女人，好让他释放出被压抑的部分。冷热交替，荤素搭配。最好能有个开关攥在振保手里，根据他的需要，随时随地灵活变身。

可是说到底，世界上不存在这么理想的女人。因此他痛苦。

振保不知道的是，如果撕下红白玫瑰标签，女人，或者说，世间的万事万物，全都处于流动的状态。王娇蕊是会爱的，后来嫁了人，也把日子好好地过下去了，并不是只追求刺激的浪荡女。孟烟鹂也不是橡皮泥，逼急了照样顶撞婆婆，憋狠了也会跟裁缝不清不楚。

**谁都不是纯粹的白或红，大家都是夜晚的霓虹灯，五光十色，一会一个样子。可振保不懂。他全要，因此也全都得不到。**

二元对立的标签，不仅加在了女性的身上，也加在了振保自己身上——他是他自己的受害者。

时刻当好人，什么都想要，要兄弟间的名声，要孝顺的名声，可最后呢？朋友的老婆被他勾走了；自己的老娘他也怪罪着；兄友弟恭什么的，他当然没落下，总是积极主动，不断帮忙，可到头来没人领情。营造完美人设就如同搭建了一个虚假的真空无菌舱，早晚会露出破绽。

直到今天，"振保们"也依然活跃在我们周围。

**他们既有对女性不切实际的要求，也有对自我不切实际的塑造，这两点是构成"振保们"的一体两面。**

"振保们"在社交软件上的照片大多由单反拍摄，露营、徒步、攀岩、飞盘、滑雪，所有阳光下的活动一应俱全，可能还附了两张大场面演讲图（关键信息打码）。个人简介也一定无限风光，本科名校，硕士常青藤，归国后在一线城市工作，爱好除了照片上那些东西，可能还有文学、电影、音乐，当然得是小众的。总之，艺术方面颇有建树。

点开对话框，前两天可能是小清新风格，阳光明媚的"早安""晚安"。这样的问候，换句话说，是为了留存。

差不多把你留存下来后，他摇身一变，开始拿出种种经营的手段，展示他作为"好人"的世界——都是振保的子孙，他们要描述老祖宗未竟的理想。中间穿插一些学术概念，需要你一边聊天，一边百度。

不出五天，就得约你见面，还得去他家里，没有别的目的，单纯是尝尝他的拿手菜。不可能是中餐，一定是红酒炖牛肉。这里是个考验，不能去，拖几天后松松口，而且得到外面吃。这里又有个考验，记得要 AA，不然容易被打上"捞女"标签。

如果"有幸"闯关到这一步，那算是得到了他颁发给你的那套白衣裙。

可单纯有外衣还不行，别忘了，红内衣和黑网袜也占据了"振保们"理想的 50%，所以"红酒炖牛肉"还是得吃，但不能径直去吃，得绕弯子，过程中稍有不慎，就会被打上"下头"标签。

"振保们"只会对两种女人下头：一种是对牛肉彻底不感兴趣的，一种是吃到了牛肉的。至于那些在牛肉前犹犹豫豫的，他们总会分出一部分耐心。

不过，区别对待也仅仅是在红酒炖牛肉这件事情上。对女性，"振保们"还是一视同仁的，那就是彻底地看不起。被女人喜欢当然是好的，但如果传出去接触过几个，身价就掉了。

所以，"振保们"最终呈现在大众视野里的形象就是自持、自重、自强，过着苦行僧式的生活，所有的精力都花在了打造自己上面，到了一个年纪，突然就结婚了。

**他们找的往往是能带来真金白银好处的对象——因为没有人能既红又白，这是"振保们"在不平衡里找到的平衡。**

张爱玲说，好看的男人经不起惯，多少会有点变态的。

我想这范围还是太小了，实际上，人都经不得惯，一不小心就会自恋。可那些遵循着某种"严格律法"的男人，他们继承了振保的"完美"，很难不被惯，越被惯，就越沉溺于所谓的理想，就越要失望。

那个真空的完美世界总会摇摇欲坠，非要多牺牲一些孟烟鹂才行。

# 11.

## "婚"字的三种形态

《鸿鸾禧》

都说张爱玲的文笔是从《红楼梦》这一脉传下来的，但很少有人提，她的文字里也沾了不少《聊斋》的味道。

《第二炉香》里用"小蓝牙齿"比喻男主角的自杀道具——煤气灶；《第一炉香》里提到，梁太太的房子如果像《聊斋》的故事里一样，转眼变成一座坟也不离奇；《金锁记》里，曹七巧从黑暗中渐渐现出的瘦小身影；《半生缘》里，顾曼桢在黑暗的房间里忽然闻到的浓烈香水味……以上种种，都能瞬间把读者吓出一身冷汗。

张爱玲有一篇短篇小说，称得上是鬼气森森的代表。全篇围绕一个"婚"字，延展出了"婚"的三种不同形态。说到这里，很多了解张爱玲的人已经猜到了，是《鸿鸾禧》。

小说开头是备婚。即将结婚的女孩名叫玉清，她和两个准小姑子在做婚前采购。

两个小姑子背着她窃窃私语，说刚刚换衣服看见她的身体了，那么大的骨架子，像一堆白骨。然后姐妹俩开始可怜哥哥，要娶这么个硬邦邦的人当老婆。

玉清很尴尬。她的尴尬并不是因为两个准小姑子的闲话，而是那个时代的女性在面临婚嫁问题时的一种"道德式尴尬"。

何谓"道德式尴尬"呢？首先，她不能流露出即将出嫁的欣喜，因为她年纪不算小，晚婚还美滋滋的，等于坐实了自己的恨嫁。她得平静中带点忧愁。这忧愁并不完全是装的，玉清觉得，一个女人的一生中，也就只有办嫁妆的时候有一点任性的权利，所以她带着一种决绝的悲凉。最终呈现的状态就是道德式尴尬。

玉清的脸光整坦荡，像一张新铺好的床；加上了忧愁的重压，就像有人一屁股在床上坐下了。

总之就是这样一种复杂的心情。

玉清是新娘，但并不是这篇小说的主角，她是围绕"婚"字的一个代表，是夹在"未婚"和"已婚"之间的"正在结婚"。

这篇小说给我的整体感觉是，女性在"婚"字面前所呈现出的集体意象，如同一个冒了白头的脓包。正在结婚的玉清是已经显现出来的白头，一切成熟和尚未成熟的问题，最终都交汇在她这里表现出来。

相比"正在结婚"的玉清，"未婚"和"已婚"这两者，才是这篇小说的重点。

未婚的代表人物有玉清的两个小姑子和两个表妹，她们是脓包两边肿胀发热、逐渐成熟的部分。已婚的代表人物，是玉清的准婆婆娄太太，她是脓包底下隐藏着的炎症。

读这篇小说就如同挤痘的过程，挤到最后，一切都在玉清这个正在结婚的白头上爆发。


先说未婚的。

如果说"结婚"是一种接近于完成的状态，那么"未婚"则像是精彩的下期预告，是一种备受瞩目和期待的状态。

因此，无论是玉清的小姑子还是表妹，小说里的所有未婚女孩都是跃跃欲试、急不可耐的，简直比新娘本人还要期待婚礼。她们眼观六路，耳听八方，像虫子扑光一样想尽各种办法接近最能发光发热的地方，看看有没有给自己找个丈夫的可能性。

在张爱玲的描述中，这些到了适婚年纪的女孩有一种莫名其妙的急迫，像是被什么东西牵引着，到达了近乎痴狂的地步。但张爱玲不写论文，她只写现象，在写到小姑子租伴娘礼服的时候，有一段惊人的文笔——

小房间壁上嵌着长条穿衣镜，四下里挂满了新娘的照片，不同的头脸笑嘻嘻由同一件出租的礼服里伸出来。朱红的小屋里有一种一视同仁的，无人性的喜气。

仅仅几句话，令人毛骨悚然，仿佛听到盘丝洞里一群蜘蛛精的嬉笑声。而更加毛骨悚然的，是表象下的一种不假思索的、制度化的东西，即每个女生到了一定年纪就被要求走进去，生怕晚一步就不如别人。被待价而沽又浑然不觉。

这就是为什么我说在《鸿鸾禧》里面，未婚女子是脓包上尚未成熟的部分，被埋在底下的炎症催化着。


再来看看炎症的部分，也就是玉清的准婆婆娄太太。

娄太太最大的特征就是爱皱眉，全文三番五次地写到她的皱眉。

第一次是出场，她在给玉清做绣花鞋。她很高兴做这件事，因为这是她儿时的日常功课，沉浸在童年记忆里，人是愉快的。但她就是故意要皱眉，怕被人看出来，好像家里人看不得她快乐似的。

娄太太三十年如一日地生活在娄先生的 PUA 里面，只不过这个 PUA 比较含蓄。

娄先生从不直接否定娄太太，总是用一种商量的口吻："不要穿雪青的袜子好不好？""不要把袜子卷到膝盖底下好不好？"显得礼数周到，再加上他留过洋，又有钱，三重光环加持之下，大家都觉得娄太太配不上他。

娄太太对这些闲话的心态很复杂。一方面她当然是恨的，人们越这么说，她就越要皱眉；另一方面她也清楚，对娄先生来说，自己虽是个"有用"的人，却不是"上得了台面"的人。他们的婚姻之所以存在，是因为娄先生要在外立一个"不弃糟糠之妻"的人设，如果没有这帮说闲话的"观众"，娄先生的人设就立不住，那婚姻也就不存在了。

因此，她一边怀恨，一边感激，同时还要当着外人的面数落娄先生，因为她知道娄先生在外要装好人，她强势一点，会显得自己把老公拿捏住了。

《鸿鸾禧》没有大篇幅展开娄太太和子女之间的关系，但可想而知，她不会太受欢迎。

*娄太太觉得孤凄……她丈夫、她孩子，联了帮时时刻刻想尽方法试验她，一次一次重新发现她的不够，她丈夫一直从穷的时候就爱面子，好应酬，把她放在各种为难的情形下，一次又一次发现她的不够。*

生下四个孩子的是娄太太，但真正和孩子们组成一家人的是娄先生——想想也是，一个家庭里，父亲是礼数周到的大好人，是经济支柱，而母亲一贯爱皱着眉头数落别人，这种情况下，哪有孩子会偏向她呢？

现在，整个脓包的结构介绍得差不多了。接下来，张爱玲要下手挤痘痘了。

经过了前面的铺陈，一切已经足够沉重，像天光渐灭，暮色四起，后面的婚礼就是"百鬼夜行"。

广大的厅堂里立着朱红大柱，盘着青绿的龙；黑玻璃的墙，黑玻璃壁龛里坐着小金佛……整个的花团锦簇的大房间是一个玻璃球，球心有五彩的碎花图案。客人们都是小心翼翼顺着球面爬行的苍蝇，无法爬进去。

这是婚礼的现场环境。接下来，婚礼正式开始——

乐队奏起结婚进行曲，新郎新娘男女傧相的辉煌的行列徐徐进来了……黑色礼服的男子们像云霞里慢慢飞着的燕的黑影，半闭着眼睛的白色的新娘像复活的清晨还没有醒过来的尸首，有一种收敛的光。

再转到第二天，一家人一起吃饭，前一天婚礼上的照片也洗出来了。玉清有一张单人照，张爱玲形容她是"背后撑着纸板的纸洋娃娃"。玉清与别人合拍的一张，张爱玲形容她是"仿佛无意中拍进去一个冤鬼的影子"。

有没有一种地狱收了新人的感觉？

宴席过后，娄太太和儿媳、亲家坐在沙发上，她百无聊赖，看着自己的腿——穿着卷到膝盖底下的雪青袜子。娄先生在一旁点评国际局势，又是拍桌子又是打手势。女人们都没在听，只是把结婚照传来传去互相看。

娄太太突然感到一阵厌恶——与其说厌恶，不如说是一种巨大的迷惑不解带来的无力和疲惫。

盛大的家族办了盛大的宴会之后，仍然是各忙各的，就像一群苍蝇各自搓着手。各搓各的也就罢了，偏偏是一对一对的。为什么要凑对呢？想不通。


对于答案过于遥远的问题，反感和厌恶其实是疲惫的另一种表现。


娄太太忽然想起自己小时候看别人结婚的场景。

……站在大门口看人家迎亲，花轿前呜哩呜哩，回环的、蛮性的吹打，把新娘的哭声压了下去，锣敲得震心；烈日下，花轿的彩穗一排湖绿、一排粉红、一排大红、一排排自归自波动着，使人头昏而又有正午的清醒，像端午节的雄黄酒……看热闹的人和他们合为一体了，大家都被在他们之外的一种广大的喜悦所震慑，心里摇摇无主起来。

如果你身处其中，是不会有"一排排自归自波动"的感觉的。这种排山倒海的观感，是一种相当超然的上帝视角，以这样的视角去看一桩吹拉弹唱、花红柳绿的喜事，有一种看纸扎人的不真实感。

至于"他们之外的一种广大的喜悦"，则是悬于真实生活之上的某种东西。具体是什么呢？其实张爱玲早已把答案藏在了小说的名字里。

张爱玲有很多小说名都取自戏曲，比如《金锁记》《连环套》《殷宝滟送花楼会》《雷峰塔》，还有《半生缘》的原名《十八春》。

《鸿鸾禧》是一部豫剧作品的名字，讲的是个什么故事呢？

一个叫金玉奴的女生，才貌俱佳，她的父亲是乞丐头子，因为这样的家庭出身，她的婚事就被耽误了，直到有人给她介绍了一个书生。金玉奴一看，人虽穷点，学识还不错，就跟他结婚了。婚后，金玉奴一直扶持书生科考，书生也比较争气，考中了，准备去当官。

名利使人膨胀，书生开始嫌弃金玉奴的出身，觉得上不了台面，于是动了杀心，伺机把金玉奴推下了水。没想到，金玉奴被救了上来，更没想到，救她的人刚好是书生的领导。

领导听了金玉奴的故事，心生怜悯，收她当义女，同时放出消息要招女婿。这时书生跳了出来，说自己老婆死了，可以再娶一个。这门婚事就定了下来。书生美滋滋去结婚，结果一掀盖头，竟是金玉奴……

你是不是认为，故事的结局是金玉奴狠狠教训渣男，最终渣男跪下认错并丢掉工作？并没有。故事的结局是，在领导的撮合下，金玉奴跟书生不计前嫌、重归于好，又办了一次婚礼。

就问你魔幻不魔幻！就算是八十年前，人们也是一脸问号。

因此，在 1949 年，这部戏的结局被改成了一群人把书生送官，《鸿鸾禧》也改名为《金玉奴棒打薄情郎》。

但是请注意，张爱玲的小说《鸿鸾禧》写于 1944 年，在豫剧《鸿鸾禧》改名和改结局之前。


回到之前的问题："他们之外的一种广大的喜悦"是什么？我想你应该感受到了，就是改结局前的那个大团圆版的《鸿鸾禧》。

无论是真是假、是悲是喜，总得有个团圆，而自古以来人们对团圆的理解，就是成双成对。至于这一双一对关起门来过什么样的日子，是不是一个让另一个不要穿雪青色裤子，而另一个偏要皱着眉把袜子卷到膝盖下面……这些都无所谓，因此，这"广大的喜悦"是在"他们之外的"。

一切就是一个花团锦簇的大玻璃球，上面爬满了苍蝇，经不起细看。

张爱玲的小说总是非常女性，她从女性被捆绑的各个方面发力，描述女性在不同人生阶段和不同处境下的难处。但《鸿鸾禧》不局限于女性，张爱玲用鬼气森森的笔法解构了自古有之的社会伦理，这里面是一种整体的茫然和不幸，无关性别。

# 12.

## 沉浮人世间

《半生缘》

最早《半生缘》是以连载形式问世的，故事是一个爱情悲剧，里面用到了不少侦探悬疑小说技巧，跌宕起伏，叫人牵肠挂肚，既通俗又精彩，也正因此，后来好几次被改编成了电影和电视剧。

故事围绕着两姐妹展开，姐姐叫顾曼璐，妹妹叫顾曼桢。

她们和母亲、奶奶还有一群弟弟妹妹生活在一起，父亲很早就过世了。为了养活这一大家子，姐姐曼璐不得已出去做舞女，卖艺又卖身，养家的同时还供妹妹曼桢读书。之后，曼桢进了一家工厂上班，终于到了能分担姐姐重担的时候了。而曼璐也因为从业太久，身价下滑，最终只能跟一个爱慕自己但没什么钱的小老板结婚。

在工厂的同事里，曼桢有两个异性朋友：一个叫沈世钧，另一个叫许叔惠。

曼桢和世钧之间有点暗生情愫，这两个人用今天的话来形容，都是"淡人"，按理说很难有波澜起伏的情节，但经张爱玲一写，马上就让人心动。

世钧走过来听，她坐在那里，他站得很近，在那一刹那间，他好像是立在一个美丽的深潭的边缘上，有一点心悸，同时心里又感到一阵阵的荡漾。

其实就是心里突然一慌，但张爱玲写成"一个美丽的深潭"，人站在边缘，心和潭水一样荡漾。

沈世钧跟顾曼桢表白，从头至尾没说一个确定性的句子，两个"淡人"在一种非常微妙的、心照不宣的状态下确立了关系。

其实他等于已经说了。她也已经听见了。她脸上完全是静止的，但是他看得出来她是非常快乐……好像考试的时候，坐下来一看题目，答案全是他知道的，心里是那样地兴奋，而又感到一种异样的平静。

这之后，两个人相处得很好，不吵架不作妖，平平稳稳，沈世钧也不觉得顾曼桢有一个舞女姐姐是什么问题。

没什么意外的话，意外就要来了。


沈世钧家里经营着一些生意，经济条件不错。他父亲在外面跟姨太太一起过，他母亲自己单过。世钧心里是不认可父亲的，甚至还挺膈应。但即便如此，某一次，他还是借机带曼桢回了趟南京老家，并拉上许叔惠一起，说是去玩几天，其实是想带曼桢见见父母。

见面的时候，世钧父亲突然说：顾小姐看着很眼熟啊，以前来过南京？

大家都觉得挺奇怪的，不过也都没当回事，但这件事却被世钧父亲记在心里了。以前身体好的时候，他在上海玩舞女，有一回他看上一个叫李璐的，花了钱，没得手，最后还有了过节，他一直记得这么个事。其实李璐就是曼璐，而曼桢跟姐姐又确实长得像，所以被世钧父亲认出来了。

于是家人给沈世钧施压，说曼桢姐姐是干那种工作的，那她必然也好不到哪里去。张爱玲在这里埋了一个嘲讽。沈世钧父亲年轻时在外面跟舞女鬼混，玩得风生水起，等到年老体衰玩不动了，倒成了"正人君子"，见不得舞女了。

本来沈世钧是打算跟父母说想跟曼桢结婚的，结果父母先发制人，他就被堵了回去。


从南京回来后，沈世钧带着一笔钱去找曼桢，说起自己父亲认出她姐姐是舞女的事情。沈世钧主张，这件事就藏着掖着，不要跟父母硬碰硬，他还建议曼桢这段时间躲着曼璐，带的钱是给她们搬家用的。

这个解决方案简直把世钧的懦弱和退缩体现得淋漓尽致，原文是"不爽快"。他本可以用各种方式去化解误会，可他却选择回避、躲起来。

顾曼桢对这一点倒是有认知。

她之前就说过,还好许叔惠不喜欢自己,不然沈世钧肯定不会争取,只会远远躲开。后来,曼桢有个远房哥哥来上海,在他们家住了几天,这个哥哥对曼桢很有好感,沈世钧非常吃醋,内心戏一大堆,动辄就不去找她了,还准备成全曼桢和那个哥哥。

总之,这段关系不能有一点坎坷和障碍,稍有不顺,沈世钧是拔腿就跑。

不过这种下意识逃避,也不能说明他不爱,他对顾曼桢有真心,问题是,他的真心只有那么点儿,全掏出来也不足以抵抗现实的种种。

张爱玲笔下的男人一贯如此,要么有一眼就能让人看出来的毛病,要么就是天生情感稀薄,你得到了他全部的情感,甚至还有种苦涩的庆幸。

曼桢和世钧聊得不愉快,吵了起来。谁也想不到,这次争吵完,再见面就是十年之后了。


前面说了,卖身多年的曼璐嫁给了一个没什么钱的小老板,叫祝鸿才。

曼璐小时候,一个算命的说她有旺夫命,没想到婚后不久,祝鸿才真的发财了。有了钱,他三天两头不回家,动辄就跟曼璐吵架。母亲劝曼璐,借别人的肚子生个儿子就好了,这样就能拴住老公。之所以借别人的肚子，是因为曼璐生不了孩子，这是她以前当舞女时落下的病。

有一回，曼璐病了，曼桢去看她。

祝鸿才得知曼桢来了，火速赶回家制造偶遇——其实婚前祝鸿才就对曼桢藏了贼心，他曾经对曼璐说过，要是你妹妹也出来做舞女，一定做得出来。祝鸿才表现得非常殷勤，一定要亲自把曼桢送回家。上车前，他在房间里捣饬了半天，一上车，香味极其浓烈——原来刚刚是去喷香水去了。

当晚，祝鸿才喝多了，回家跟曼璐表露了心思，说曼桢越来越漂亮了啊。曼璐气得不行，两人撕破脸一样地吵起来。这之后，祝鸿才几乎不回家了，回家就是吵，吵完就走——留下一阵香风。

据此推测，他每次猎艳，香水应该是标配。

曼璐过得太苦了，她开始复盘，到底从什么时候开始，生活变成了这样？

作为长女，曼璐靠当舞女养活了一个家，最后弟弟妹妹成长起来了，自己的人生却毁了。本来曼璐是一个让人惋惜和同情的苦命女性，但张爱玲不写黑白分明的东西，她总要激起我们一些复杂的情绪。

曼璐想，就是曼桢来探病的那天，他们夫妻俩才闹僵的。继而她又想起母亲的话，借别人的肚子生个孩子，她觉得有道理。

那么如果要借肚子，最佳人选就是曼桢：一来祝鸿才喜欢；二来总归是妹妹，好控制。

然后她突然想道："我疯了。我还说鸿才神经病，我也快变成神经病了！"她竭力把那种荒唐的思想打发走了，然而她知道它还是要回来的，像一个黑影，一只野兽的黑影，它来过一次就认识路了，咻咻地嗅着认着路，又要找到她这儿来了。

从人性的角度看，曼璐的心理扭曲不难理解。


曼璐在做舞女之前有一个意中人，叫张豫瑾，是她和曼桢共同的远房哥哥，也是导致沈世钧吃醋的那个人。后来，为生活所迫，曼璐主动跟他断了，而他直到现在也没有结婚。

此时，曼桢母亲的伥鬼属性大爆发，她觉得张豫瑾是因为忘不掉曼璐才一直不结婚的，所以她想撮合他跟曼桢结婚——为了感谢他守节，用妹妹去安慰安慰他。

张豫瑾对曼桢确实很留意，一方面因为她有曼璐当年的影子；另一方面，他欣赏曼桢，一个人打三四份工，养活一家七口，一点怨言也没有，积极阳光。

现在他甚至于有这样一个感想，和她比较起来，她姊姊只是一个梦幻似的美丽的影子了。

张爱玲真的很善于写人的微妙情感。人心里总是乱七八糟的，这个喜欢一点，那个喜欢一点，不管多喜欢，里面都有点杂质在。好人，也总透着瑕疵，比如张豫瑾，说白了，他只是更爱青春，而非人。

在曼桢母亲的撺掇下，张豫瑾找机会跟曼桢表白了。同时，母亲还告诉曼璐，张豫瑾来了，而且他现在喜欢曼桢……

在《半生缘》里，曼桢母亲这个角色充分体现了"**蠢即是坏**"的道理。

本来曼璐的日子就过得不顺，她被"妹妹代孕"的恶念侵蚀，正在与恶念做抵抗。可是母亲在做什么呢？在挑拨离间。她默认自己的女儿没有情感，在她看来，曼璐的牺牲是应当的，而她现在对曼桢的"成全"，也不过是另一种牺牲的助推。

曼璐一听，连自己的初恋都被妹妹夺走了，无论如何要去见初恋一面。但见面的全程，张豫瑾都在避嫌，委婉地表示没有再续前缘的可能。曼璐这次是真的碎了。

曼璐想道："我没有待错她呀，她这样恩将仇报。不想想从前，我都是为了谁，出卖了我的青春。要不是为了他们，我早和豫瑾结婚了。我真傻。真傻。"

站在曼璐的角度，她的思想走到这一步是有迹可循的。她这一辈子全献给了家庭，在她眼里，妹妹偷走了她的人生，而如今，唯一一点如梦般美好的记忆，也被妹妹破坏了。

**曼璐终于给自己之前的恶念找到了执行的动力。**

到这里，两条故事线开始收束，来到前面顾曼桢跟沈世钧吵架之后。

两人吵架的阶段，还有一件事情同时发生。张豫瑾表白曼桢被拒，几个月后就找到了女友，准备结婚。女友是上海人，张豫瑾正从外地赶来上海结婚。

就在这几天，曼璐旧疾复发，而且病势凶猛。曼桢母女连夜去探病，曼桢决定留下来照顾姐姐。

在这之前，曼桢都还是一个绝对良善，没有一丝阴影的角色。陪床的这一晚，曼桢还在想白天跟世钧吵架的事情。曼桢想，自己和世钧的问题，"姐姐死了也没用"。想到这里，她又觉得是在盼着姐姐死，马上惭愧得不得了。

当晚，曼桢被带到一个很偏的房间睡觉。她想，姐夫虽然晚上没回来，但说不定会突然回家。想起上次姐夫送她回家，就想起那时候满车的香水味，想起香水味，她隐约觉得，现在也闻到了一股香水味。

而且在黑暗中那香水的气味越来越浓了。她忽然觉得毛骨悚然起来。她突然坐起身来了。有人在这间房间里。

这一幕真的不是恐怖片吗？

恐怖片也拍不出空气中弥散的味道带来的惊悚感。

等祝鸿才再出场的时候，已经满脸是伤了。那天晚上，曼桢拼命挣扎，祝鸿才被她拖着摔到了床下，鼻血直流，而后又被曼桢咬了，于是他下了狠手，抓住曼桢的脑袋往地上砸，直到砸晕了过去。

……乘着还没醒过来，抱上床去脱光了衣服，像个艳尸似的，这回让他玩了个够，恨不得死在她身上，料想是最初也是最后的一夜。

"艳尸"，这两个字的恐怖程度真的拉满。

这场灾难是她的姐姐曼璐策划的，这一步完成了，借腹生子的计划就可以进行下去了。


曼璐要过的第一关是自己的母亲，这一关最好过。

曼璐说，现在生米煮成了熟饭，不可能出去报官，名声也不好听，不如我让祝鸿才娶了她，我无名无分无所谓，曼桢体面就好了，总归她是我妹妹。母亲本来还有点犹豫，但曼璐塞了一摞钱给她，这一关就算过了。

接着是曼桢。显然，曼璐是无论如何过不了妹妹这一关的，姐妹俩撕破脸，曼桢就此被囚禁了。

还有一关要过，就是沈世钧。虽说前一天，世钧跟曼桢吵了一架，但也仅是情侣之间的怄气，双方都在气头上，静下来还是要重新谈一谈的。

世钧去了曼桢家，曼桢母亲本想把事情都告诉他，但一摸口袋，摸到曼璐给的钱，犹豫了，索性给了世钧一个大冷脸。

沈世钧是什么样的人呢？容易退缩的懦弱的人。人家一冷脸，他就不问了，直接开始演内心戏——曼桢不见我，难道是因为她那个哥哥？

这之后的一段时间里，沈世钧疯狂找、疯狂写信，都没有任何结果。他联想到张豫瑾在上海结婚的事，算了算日子，不就在曼桢消失的那几天吗？他整个人都不好了，觉得曼桢已经跟张豫瑾结婚，离开这里了。他又跑去曼桢家，已经人去楼空——曼璐早已安排一家人连夜搬去了苏州。


曼桢被囚禁了好久，而且生病了，她把最后一线希望寄托在女佣身上。曼桢许诺会给女佣钱，托她把戒指带给沈世钧，结果女佣转身就把戒指给了曼璐。

走投无路的世钧来到了曼璐家。曼璐是没有真话的，她告诉世钧，曼桢已经跟张豫瑾结婚，离开上海了，临走还托自己把这个戒指还给世钧。

谎言圆上了。世钧的心也彻底凉了。

其实但凡沈世钧有点钻研精神，带着不见人不罢休的决心，曼桢都能被救出来。因为戒指上沾着血，血凝固了，血上粘着的绒线僵硬了，只要仔细看两眼戒指，就能看出问题来。然而，他只是觉得愤怒，像泄愤一样把戒指随手丢掉了——这个细节对于世钧的性格刻画简直是神来之笔。

有真心，但更善于放弃，在感情上只能走平路，稍微坑洼一点，他就止步不前，甚至不会伸脚探一探。

世钧回了老家，跟发小结婚了。另一边的曼桢怀孕了，依然被囚禁着，暗无天日地等待生产。

到这里，已然是个悲剧了，但张爱玲怎么会满足于此？她永远要在悲剧上面再添一层绝望。

生孩子那天，曼桢因难产被送进了医院，脱离了那栋房子之后，曼桢被同病房的热心产妇搭救，刚一生完，孩子都没带就逃跑了。逃出来第一件事就是打听沈世钧的消息。得知他已经结婚了，曼桢绝望了，从此开始一个人的生活。

一个人的日子里，她常常会想起之前的事情，她心里恨那个孩子，但想想毕竟是自己的孩子，总之，不能彻底消除跟孩子相关的念头。

差不多两三年后，曼璐终于找到了曼桢。

这次见面，曼璐大变样，整个人缩小一圈，形容枯槁，这回是真的病了，她还带着孩子，其实是来托孤的。曼璐说，祝鸿才对孩子不好，孩子跟他生活前途未卜，但他又不会放弃孩子，因为毕竟是儿子，所以，她想让曼桢回去嫁给祝鸿才……

其实咱们回忆一下，祝鸿才全程就没有说过想要孩子，都是曼璐跟母亲脑补出来的，还把曼桢拉进来一起倒霉。

过了一段时间，曼桢听说曼璐死了。

曼桢开始不由自主地跟踪像她儿子的小孩，还真遇到过一次，看到孩子特别可怜，吃不到什么好的，还被女佣欺负。后来，曼桢得知儿子被传染了猩红热，她吓坏了，跑去看儿子，找人给他治病。病好之后，曼桢也彻底横下了心，跟祝鸿才结婚了。她想，就当为了孩子吧，毕竟这是她在世上唯一的亲人了。

张爱玲写的情节有时候真的会让人苦笑出来。顾曼桢被强奸，被囚禁，生了强奸犯的孩子，好不容易逃出来，最后兜兜转转又自愿回去和罪人结婚了。

**好像被老天爷捉弄了半生，束手无策，然后束手就擒。**

又过了很多年，曼桢跟祝鸿才离了婚，争取到了抚养权，而世钧也有了两个孩子。这个时候，曼桢和世钧重逢了，接着是那句经典的台词："世钧，我们回不去了。"

她一直知道的。是她说的，他们回不去了。他现在才明白为什么今天老是那么迷惘，他是跟时间在挣扎。从前最后一次见面，至少是突如其来的，没有诀别。今天从这里走出去，却是永别了，清清楚楚，就跟死了的一样。

两个人像拼拼图一样，渐渐拼凑出当年那个故事的原貌。

曼桢和世钧的故事结束，这是小说的倒数第二部分。最后一部分是许叔惠和沈世钧老婆翠芝的故事。翠芝跟许叔惠曾经相爱过，并错过了十年——这是另一个故事了。

《半生缘》之前的名字叫《十八春》，和《小艾》的创作时间一前一后。

两部作品有相似之处。《小艾》后半段风格割裂的部分，其实很迎合新时代的价值观，那是一个无产阶级的故事。《十八春》也是如此，故事里没有张爱玲作品中常见的深宅大院、晚清遗老、小姐太太，有的只是一对进步的、有工作的新青年。

20 世纪 60 年代，张爱玲旅居美国时，将《十八春》改写为《半生缘》，改写后的版本也更贴合她一贯的苍凉美学。

在这些后期作品中，我们能隐约感受到曾经张爱玲与苏青对话时提到的"身世之感"。

她（苏青）说："是的，总觉得要向上，向上，虽然很朦胧，究竟怎样是向上，自己也不大知道。——你想，将来到底是不是要有一个理想的国家呢？"我说："我想是有的。可是最快最快也要许多年。即使我们看得见的话，也享受不到了，是下一代的世界了。"

我想到许多人的命运，连我在内的；有一种郁郁苍苍的身世之感……将来的平安，来到的时候已经不是我们的了，我们只能各人就近求得自己的平安。

这是她后期作品的普遍情绪，一种苍凉的、迷惘的"身世之感"。

一如曼桢和世钧，在动荡的大时代中随波逐流，经历着希望与幻灭的循环。

# 13.

## 窝囊人的可悲与可怖

《小艾》

《小艾》是张爱玲三十岁时写的，署的是笔名"梁京"。三十多年后，张爱玲专门为这篇小说写了一段回应，上来第一句话就是："我非常不喜欢《小艾》。"

　　既然不喜欢，为什么过了这么多年还要重提呢？是因为1987年，有人考古张爱玲，挖到了这篇小说并擅自发表，甚至没有用笔名"梁京"，而是用的张爱玲本名。

　　彼时张爱玲都快七十了，气得够呛，想来想去，与其任由别人对自己的旧作指手画脚，不如自己来，于是她把小说拿出来，一番删改后，重新发表。

　　于是就有了我们今天看到的这一版《小艾》。

　　小说前半部分是非常典型的张爱玲风格，讲述旧社会女性的压抑，刻画了几个相当精彩的女性角色。但后半段突然不像她了，不刻薄，不爽利，慢悠悠的。

　　不过也因此，我们才难得地在张爱玲的小说里看到温情的爱情故事，而非硝烟四起的爱情战争。

故事从五太太开始。

席老爷在家排行老五，他之前的老婆死得早，五太太是填房的。席老爷风流倜傥，身边有一个很得宠的姨太太。五太太一嫁进去，就没跟姨太太处好，这导致席老爷一上来就不待见五太太。结婚没多久，席老爷去了北京工作，只带了姨太太一起。

于是，五太太就处于弃妇和寡妇兼而有之的一种状态。落入这种境地，五太太把能恨的全恨了一遍，不论娘家人还是婆家人，她无一不恨，但是恨来恨去就是恨不到她老公身上，可以说是非常窝囊了。

五太太唯唯诺诺，本能地讨好所有人：婆婆、妯娌，甚至仆人。

有一天，席老爷回家了，五太太嘱咐一个叫陶妈的仆人，不要把饭做得太咸，昨天就做咸了。话一说完，陶妈"顿时把脸一沉"，吓得五太太马上又笑起来打圆场说，好吃的，不是不好吃！就是稍微有点咸了。

你可能以为五太太是个懦弱的人，其实并不是，她只是看人下菜，对于比较弱势的人，她就不是这副面孔了。


这时主角小艾登场。

小艾是被卖到这个家里来的，来的时候衣衫褴褛，看上去只有七八岁。之所以把她分给五太太当婢女，也是因为她太小，看着不机灵——机灵的那个被妯娌抢走了。

五太太不敢生气。

她让人把小艾的头发剪了，怕小艾身上有虱子，跳到她的猫身上去。在她眼里，小艾不如一只猫金贵。这让我想起电影《泰坦尼克号》里的一幕：登船的时候，三等舱的人要挨个检查头发胡子，看有没有虱子，而头等舱的大长毛狗却可以直接上船，不用被查。

小艾在五太太手底下一天天长大，日子并不好过。

五太太照说是个脾气最好的人，但是打起丫头来也还是照样打。只要连叫个一两声没有立刻来到，来了就要打了。

说白了，不管是不是小艾的错，她都要被打。猫没往猫砂盆里拉屎，说明小艾没放对地方，打；家里来人嗑的瓜子皮在地上，没来得及扫，打；东西被砸碎了，不管是不是她砸的，都是打。

她大概身体实在好，一直倒是非常结实。要不是受那些折磨的话，会长得怎样健壮，简直很难想象。

这句话非常重要，给之后的故事做了铺垫，小艾后来经历了那些事情，如果没有一个好身体，那肯定是必死无疑。


这得从五太太暂时结束弃妇生活，被接到席老爷身边开始说起。

有一天，席老爷突然要接五太太过去一起生活，所有人都觉得不对劲，只有五太太觉得，老爷这是念起夫妻情分了。实际上，席老爷是把钱挥霍光了，需要掏她的小金库。

五太太有了上次跟姨太太起冲突的前车之鉴，这次态度非常谦逊。姨太太让五太太去住西屋，按常理，东比西的地位要高，姨太太这么安排的意图很明显——压五太太一头。

名分上窝囊，生活上更窝囊——这点窝囊全表现在小艾身上了。

家里电话铃响，小艾接起，然后叫席老爷听电话，席老爷拿起来发现对方挂了，于是就骂了小艾两句。五太太听见了，马上出去打小艾，一边打，一边骂："事情全给你耽误了。"很显然，她是打给旁人看的。

"打"是她的语言，她的表演，是谄媚和讨好。

结果刚说完，电话又响了，原来是叫席老爷去喝花酒——好一个耽误了事情！张爱玲是会写的，她再怎么收着，也忍不住渗出一点讽刺。


喝花酒的这一天，有大事发生。

这天，五太太跟姨太太出去看戏了。隔壁有人去世，正请人念经超度，家里的丫鬟和仆人们都跑去看热闹了。席老爷回来发现家里没人，只有五太太房间点了盏灯，他就过去了。

那盏灯是小艾点的。

灯下看美人，越看越精神，席老爷动了心思，他一会儿让小艾给他拿牙签剔牙，一会儿让小艾给他脱鞋。

他横躺在那灯影里，青白色的脸上微微浮着一层油光，像蜡似的。嘴黑洞洞地张着，在那里剔牙。

油腻、恶心、恐怖，简直是见鬼了。

张爱玲太擅长用写鬼的方式写人了。《第二炉香》里的"小蓝牙齿"是鬼魅的；《金锁记》里也出现过几次鬼一样的人；《鸿鸾禧》里的婚礼也是鬼气森森。

这个青白色的蜡像把小艾强奸了。

强奸的过程中，小艾满脑子想的是，手里的茶杯是外国进口的，摔了就死定了，全程用双手护着茶杯，背景音是隔壁邻居家的念经超度声……


**那音乐仿佛把半边天空都笼罩住了。**


事情传出去的时候，小艾已经怀孕了。姨太太跟席老爷这么多年，一直想怀孕但怀不上，五太太也没孩子，反而是她——一个婢女怀孕了，这还了得？可想而知，她们会有多恨她。

五太太先把小艾暴打了一顿，打得她眼角嘴角一起冒血。前面说了，五太太最大的特点是窝囊。小艾怀孕等于是替她得罪了姨太太，显得好像是她教唆的。她打小艾最大的动机是为了撇清关系。

一个人怎么会窝囊到这个程度？连自身利益都来不及思索就下意识向高位者表态，一种条件反射般的窝囊。

姨太太可不是吃素的，她也不骂人，穿着双硬皮鞋冲进来，直接就往死里踢小艾的肚子。五太太毫无反应，放任姨太太打小艾，极力证明自己的清白。即便这样，五太太还是被发配回了老家，又跟席老爷分开了。

五太太在南京的一段生活在她的记忆中渐渐地和事实有些出入了，她只想着景藩（席老爷）对她也还不错，他亏待她的地方却都忘怀了，因此她越发觉得怨恨，要不是因为小艾，也不至于产生这样一个隔膜，他们的感情不好，她除了怪她娘家，怪她婆家的人，现在又怪上了小艾。

因为恨着小艾，所以也没给她请医生。小艾自从流产之后就一直病着。如果身体素质差，可能就起不来了，幸而小艾身体好，一番折磨之后，竟自己渐渐恢复了。


这时候，一个小小的报应来了：姨太太得了病，短短几个月内，头发全掉光了。席老爷抛弃了她，反倒是五太太收留她住了一段时间。

姨太太来的这段时间，五太太还是有点恭维她。五太太为自己的行为解释，说犯不着欺负失势的人，终归是席老爷不好。

姨太太有时还找她促膝长谈，说着说着就哭了，五太太也陪人家一起哭。

窝囊也有不同类型，比如缓兵之计的故意窝囊，还有深入骨髓的天性窝囊，五太太是后者。

你说她善良宽厚吧，一定程度上是的，但这种宽厚是假的，是因为无能才宽厚，内在的东西还是窝囊。你说她无能吧，在某些情况下，面具拿掉，她一样可以很凶恶。

五太太在后面的故事里也是这样的。

小艾后来跟一个印刷所的排字工人自由恋爱，想结婚。

五太太是特别支持自由恋爱的，她不是曹七巧那种自己淋过雨就把别人的伞撕了的人，她觉得自己吃了包办婚姻的苦，守半辈子活寡，所以只要有小辈自由恋爱，她肯定是支持，甚至在窝囊的情况下力所能及地起一些推动作用。

但到小艾这里就不一样了。

五太太觉得，自由恋爱是少爷小姐们的事情，轮不着下人搞这些。另外，她恨小艾，所以不想放小艾嫁人。

不过最后小艾还是顺利地嫁出去了，这是后话了。


五太太这个角色的结局很悲哀。

那段时间，她心脏病犯了，卧病在床。外面都在传言席老爷要做汉奸了。有一天，席老爷走在路上，突然遭人刺杀身亡。继子怕五太太受刺激又犯病，自己也要跟着承担责任，于是长年累月地瞒着她。直到生命的最后一刻，她都不知道席老爷已经死了，还以为是他不愿来看自己。真是非常可悲。

张爱玲说过一段话，大意是，悲壮如大红大绿，是一种强烈的对照，而苍凉之所以有更深长的回味，是因为它像葱绿配桃红，是一种参差的对照。

**悲壮是一种完成，而苍凉是一种启示。**

五太太这个角色身上就有种"葱绿配桃红"的参差，这也是这篇小说里最张爱玲的部分。

可是别忘了，小说的名字叫《小艾》。

小艾就是张爱玲不满意的那部分。1987 年，张爱玲在《续集自序》里写道："非常不喜欢这篇小说，更不喜欢以《小艾》名字单独出现。"我推测，张爱玲大概是不满意后面对小艾的塑造和以小艾为主的故事。

但即便张爱玲本人不喜欢，后面的故事也依然水准在线。

除去前面受虐待流产的故事，长大后小艾的故事主要是两部分，前半段是一个爱情故事，后半段是一个颠沛流离的时代故事。

长大后的小艾，认识了印刷所排字工冯金槐。这个人爱看书，一看就是个上进的好青年，小艾喜欢他，他也对小艾有意思。

冯金槐问小艾姓什么，小艾没有姓，但又不想一上来就跟人家说自己的身世，就随口说姓王，她还说自己讨厌"小艾"这个名字。

几天后，冯金槐来看她，说是给她取了个好名字。他拿出纸笔，写下"王玉珍"三个字——三个字里都有"王"，好写。这时小艾才说，其实自己没有姓，之前是瞎说的。

小艾很喜欢听冯金槐讲老家种地的那些事，因为小艾自己家里也是种地的，但她已经不记得太多事了，她听冯金槐讲，就能想象自己也有一个家，家里人如何种地。

得知席老爷被刺杀的那天，小艾觉得特别解气，就跑去找冯金槐，跟他讲了自己以前被老爷强奸又流产的事情。

冯金槐听完心想，如果这个席老爷还活着，自己一定要去把他杀了，但如今已经死了，自己再说这个话就显得马后炮，所以也没必要说了。他是个进步青年，并没有介意小艾的过去，但他心里有愤怒，整个人就显得僵硬，等他察觉到自己的表情时，小艾已经跑了。

第二天，冯金槐又去看小艾，比以往都早，他掏出了三个铅字给她——小艾从此有了姓名，叫冯玉珍。

小艾和冯金槐结婚了，好日子没过多久，又出现新问题。

一是小艾之前流产落下了病根，身体不大好；二是战争年代时局动荡，冯金槐去了香港工作，本来准备接小艾过去，结果打起仗来，通信和路线都断了。

过了好多年，冯金槐才回来。

他一回来就带小艾去看病，医生建议切掉子宫，小夫妻没钱承担手术费，而且小艾还寄希望于未来能好，想生孩子，不愿意切，所以手术一直没做。但是拖来拖去，病也不见好，他们就领养了一个女孩，取名引弟。

这名字很有意思，跟招娣一个意思，后来张爱玲把《金锁记》重写成了长篇小说《怨女》，曹七巧那个角色就叫银娣。

引弟渐渐长大，有一天，小艾的旧病再次复发，这次来势汹汹，几乎血崩，昏倒了好几次，冯金槐回来后，立刻坐三轮车拉她去医院。


从这里，小说导向了两个完全不同的结局。

初版里，小艾不仅治好了病，还怀孕了——引弟真的引来了弟弟。后来小艾在冯金槐上班的印刷所当上了折纸女工，一家人过上了平凡却幸福的生活。

而在1987年张爱玲的修改版本里，结局停留在了冯金槐送小艾去医院的路上。

路上小艾说："我真恨死了席家他们，我这病都是他们害我的，这些年了，我这条命还送在他们手里。"

金槐道："不会的，不会让你死的。不会的。"他说话的声音很低，可是好像从心里叫喊出来。


张爱玲之所以在快七十岁的时候重新出版《小艾》并对结尾进行大幅度删改，应该也是为了回到她所坚持的苍凉和悲剧性。

整部小说张爱玲的核心关注点没有变，还是在于女性命运。

故事里戏份比较重的三位女性——小艾、五太太、姨太太，无一不是悲剧命运。

在旧社会受尽折磨的小艾，可能熬不到曙光来临，不知之后是死是活，她最后留下的话还是被旧社会阴影笼罩着的。五太太和姨太太则是可恨又可悲。

在张爱玲的小说里，少有真正的坏人，大多数的坏人都带着点缘由，或是出于自身的无奈和悲剧性。

这种视角，这种宽大，其实就是慈悲。

# 14.

## 李安是天使，张爱玲是行刑官

《色，戒》

要说近年来备受关注且风评起伏较大的张爱玲小说，《色，戒》应该名列前茅。

这篇小说笔触极其老辣，你会看到一个炉火纯青、见血封喉的五十多岁的张爱玲，跟初出茅庐、一炮而红的年轻张爱玲完全不同。

要谈这篇小说，得先从辟谣开始。

首先是故事原型：《色，戒》的故事到底来自哪里？20世纪70年代张爱玲和宋淇的通信里就提到过，是宋淇听来给她讲的，没有原型，仅仅就是个故事而已。1988年左右，张爱玲又亲自辟谣，在《续集自序》里，她说：

最近又有人说，《色，戒》的女主角确有其人，证明我必有所据，而他说的这篇报道是近年才以回忆录形式出现的。当年敌伪特务斗争的内幕哪里轮得到我们这种平常百姓知道底细？

另一个需要辟谣的是一句话——"到女人心里的路通过阴道"——这句话一直被当成是张爱玲的原话，被各种引用。

《色，戒》里确实有这句话，但它不是张爱玲的原创，而是她引用了别人的话。

又有这句谚语："到男人心里去的路通过胃。"是说男人好吃……于是就有人说："到女人心里的路通过阴道。"据说是民国初年精通英文的那位名学者说的……

这个"精通英文的学者"，指的是辜鸿铭。张爱玲引用这句话并非认可，因为之后她马上就借王佳芝的心理活动写道："她就不信名学者说得出那样下作的话。"

而"下作的话"，经过几十年的传播，反倒成了张爱玲本人的金句。《色，戒》这个故事，一层一层的误解太多了。


李安导演改编的电影还原了原著的苍凉和虚无，同时又加入了一点点温情色彩。

电影最后王佳芝叫到的那辆黄包车，车夫编号 1023，是李安的生日。我想李安是完全看透了这个绝境中的故事，然后亲自进入故事，扮演了唯一一个有点暖色调的小人物。

原著里也有这个黄包车夫，车上有个小风车，他蹬得飞快，一直到封锁线前才停下来，没冲过封锁，还懊恼地拨了两下风车，转身冲着王佳芝笑了笑。

近年来，我看到不少观点倾向于认为，电影里的易先生对王佳芝是有感情的，他甚至明知王佳芝的特务身份而有意把她留在身边，一方面是有点感情，一方面也是为了未来投诚做打算。至于最后让王佳芝把命搭进去，他也有不得已的因素。

不过，原著里却丝毫没有这个意思。

易先生在同一时期未必只有王佳芝一个女人，跟电影里一样，马太太是情妇之一，除了她，情人还有很多，王佳芝连"特别的一个"都算不上。

而王佳芝在易先生面前，也并非什么纯爱形象，她的人设是为了报复老公玩舞女而出轨的少妇。

一个年纪轻轻的女人，出轨易先生这样一个半老的男人，大概率得图点什么，如果说是纯爱，易先生自己都不会相信。因此，王佳芝买钻戒，也是为了让戏演得更真，更合逻辑，更不让人怀疑。

总之，这两个人在明面上是没有一丝真感情的。


那么私底下他们有没有一点隐秘的感情在呢？也是没有。

王佳芝想过，自己是不是爱老易，但她从没有爱过谁，也不知道怎么样就算是爱上了，她只是觉得，跟老易在一起，"像洗了个热水澡……一切都有了个目的"。

她的目的，建立在虚无之上。

最初，王佳芝在香港跟几个同学接近了易先生，之后，那几个同学定下"美人计"，决定牺牲王佳芝去引易先生上钩。在筹备过程中，他们让王佳芝跟唯一一个有嫖妓经验的同学梁闰生发生了关系。

从最初制订计划开始，这几个同学（包括邝裕民）总会在王佳芝背后嘀嘀咕咕，偶尔还扑哧一笑。后来，计划进展不顺利，他们啥也没干成。大家也只是懊恼，却只字不提王佳芝的牺牲，商量后续的时候也都不正眼看她，把她看作是小团体之外的人。

这件事自始至终都是对王佳芝一个人的盘剥。可想而知，她的整个人生经验里，到底能爱谁呢？有谁值得她爱呢？

以前她对邝裕民略有好感，但这一系列事情发生之后，她对他只有恨。

正是这种悲凉让易先生显得特别了起来，因为跟老易在一起，"一切都有了个目的"——用大白话说，你知道自己在干什么，至少不是在闹笑话。

这就是王佳芝对易先生全部的感情，最终她也死在了"起码有个目的"的感情上。

我还看到过一些观点认为王佳芝是恋爱脑，可她根本连爱都没有，谈什么恋爱脑呢？她只是彻底的荒芜。

雷晓宇在《海胆》中写到李安的那篇文章，有一段写王佳芝的话，十分精准。

"电影里彻头彻尾的虚无——爱情是荒谬的，友情是虚伪的，亲情是荒芜的，国家是四分五裂的……只有性爱的快乐是真实的，而这唯一的真实恰恰又是不可说的。这个女人，她就生活在这样一个废墟里。"

正是在这废墟之上，王佳芝才会在临门一脚的时候突然变节。

易先生陪她去买戒指，他不知道带多少女人买过戒指了，所以无论动作还是表情，全都因为重复而训练出了一套标准，他的心永远是聚焦在自己身上的。

陪欢场女子买东西，他是老手了，只一旁随待，总使人不注意他。此刻的微笑也丝毫不带讽刺性，不过有点悲哀。他的侧影迎着台灯，目光下视，睫毛像米色的蛾翅，歇落在瘦瘦的面颊上，在她看来是一种温柔怜惜的神气。

向来生活在废墟里的王佳芝，看到脸上有着悲哀表情的易先生，她解读出了"温柔怜惜"，但是现在，这个男人即将被她害死了。

这个人是真爱我的，她突然想，心下轰然一声，若有所失。太晚了。

快走。


**彻头彻尾地会错了意，彻头彻尾的荒凉。**

易先生对王佳芝更谈不上有感情，她只是他身边数不清的欢场女子之一，只不过后来王佳芝为他而死，他才觉得她有点特别。

与小说不同，电影中梁朝伟扮演的易先生给王佳芝签处决书，是在秘书的监督下完成的，像下了很大决心，签完字立刻把文件推出去，跟烫手似的。最后处决王佳芝的钟声敲响，易先生吓了一跳，闭上眼，再睁开，下眼睑是湿的。

但在小说里，易先生得知王佳芝是特工之后，手起刀落，没有一点犹豫。

灭口的理由很简单：自己家的座上宾竟是特工，这事说不过去，而且王佳芝这群人说到底是大学生，应尽早除掉，拖久了闹大就不好了。这就是事发之后易先生脑子里的全部思路。

对于王佳芝的死，易先生是得意的，甚至有一种收获意外之财的感觉。

他越品越得意，甚至感激王佳芝的死，感激王佳芝是个特工，感激老天爷让他遇见这么一桩大风浪，但又没有伤及自己一分一毫。

他觉得她的影子会永远依傍他，安慰他……他们是原始的猎人与猎物的关系，虎与伥的关系，最终极的占有。她这才生是他的人，死是他的鬼。

小说中还有一处绝妙的细节彰显了易先生的冷血。

易先生家的大窗帘，做了一个假落地窗的效果，可以完整地遮住一面墙。易先生每次回到家，从门口往里看，第一眼就能看到这个窗帘。王佳芝就坐在这里打麻将，豪华窗帘是王佳芝的背景。这在易先生的世界里是一幅美景。

刺杀事件之后，王佳芝死了，易先生再回家看到这个窗帘，他并不是触景伤情，而是心惊肉跳，唯一的想法是，这么厚的帘子，背后能藏多少刺客？明天就得把这个帘子拆了。

小说的最后，易先生又在看太太们打牌。

马太太望了易先生一眼，说让他请喝酒，背后的意思其实是指纳宠请酒。而马太太之所以认为易先生有了新欢，是因为他回来后有点精神恍惚，脸上又憋不住喜气洋洋，还带了几分春色。原著里的易先生连电影里"下眼睑一湿"都没有，甚至是喜气洋洋的——毕竟于他而言，再怎么纳宠，也不如王佳芝，连命都给他了，实在是痛快。


从《色，戒》当中，其实能看出张爱玲站在女性视角上对整个冠冕堂皇的"大世界"的鄙夷。

张爱玲曾经写过一篇《羊毛出在羊身上》，专门为了回应那些质疑《色，戒》的声音，文章中提到，公式化的汉奸总是色眯眯醉陶陶的，做饵的侠女还没到手已经送了命，侠女得以全贞，正如西方谚语所谓"又吃掉蛋糕，又留下蛋糕"。

十分先锋大胆的观点，将一种隐秘的大众心理挑明摊开。

首先，公式化的小说常常把汉奸形象塑造成单向度的恶魔，但规避了人性的真实；其次，侠女可以成为诱饵，但不能真的失身，所以在失身之前最好就死掉。

而在《色，戒》中，易先生在观感上显然没有到让人恶心的地步，王佳芝甚至为他经历了一番思想斗争，最后放了他。而王佳芝也并不是传统故事中的侠女，她很立体，有自己的思想和情感，她心里有恨，而且这个恨是对同伴的，因为他们孤立了她，拿她献祭。

简而言之，在这篇小说里，汉奸和侠女，对比还不够极致，坏的不够坏，好的又不够好，因此很多人对此颇有微词。

《色，戒》是张爱玲用文字操纵时空的集大成之作，可以看到她对于时空转换的信手拈来。

时间在变，地点在变，唯一不变的是王佳芝的舞台，她始终不能散戏。多年前参加学校的戏剧社，她走上舞台，后来又在秘密行动里"出演"麦太太这个角色，她更是觉得自己艳光照人。

张爱玲用"舞台"影射了王佳芝的一生，也讽刺了一类人：他们用活人来为所谓"理想"买单，而她入了戏就再也出不来了，她必然要献出自己的一切，可他们又因此把她看作异类，这就导致她的迷茫无措，最后脱离既定剧本，而这时候，他们又会说，一切都毁在了她身上，是她祸国殃民。

李安曾在访谈中评价《色，戒》，大意是：《色，戒》是一个大逆不道的东西，张爱玲是用一个女人的性心理去解构一个父系社会里最荣耀、最神圣的事情。女人的一个不合作，那么一点点东西，几千年来父系社会的结构就被抽掉了一个铆钉，然后瓦解掉了。

这不就是"又吃掉蛋糕，又留下蛋糕"吗？这也是张爱玲很多作品的主题。只不过张爱玲的表达从来不直给，不爽文，不那么大红大绿。

# 15.

## 走过人生的独木桥

《同学少年都不贱》

张爱玲前半生好友不少，最为大众所熟知的是炎樱，张爱玲专门给她写过一篇《炎樱语录》。张爱玲晚年整理的《对照记》里面，约有三分之一是跟炎樱一起拍的照片。

　　炎樱跟张爱玲是大学同学，两人性格完全不同，用我们今天的话来讲：炎樱是 e 人（外向性格的人），张爱玲是 i 人（内向性格的人）。当时处于太平洋战争时期，日军进攻香港，外面兵荒马乱，炎樱照常出去看电影，流弹把浴室玻璃都打碎了，她依然在里面洗澡，还唱着歌，胆子大得惊人。

　　二十出头的张爱玲，刚回上海就在文坛迅速崭露头角，在这个辉煌时期，她们俩互相扶持。《传奇》再版的时候，炎樱给张爱玲设计过封面。炎樱开服装店，张爱玲帮她写过推广软文。

　　20 世纪 50 年代，炎樱搬家去纽约，张爱玲紧随其后，刚到纽约时，张爱玲在炎樱家里住过一个月。没过两年，三十六岁的张爱玲认识并嫁给了六十五岁的德裔剧作家赖雅，炎樱是证婚人。

1960 年，四十岁的炎樱嫁给了一个事业有成的牙医。张爱玲在给好友邝文美的信中写道："Fatima 上月结婚，自纽约寄请帖来，对象不知是医生还是博士，我也没查问，大家都懒写信。"

这之后，炎樱好像就从张爱玲的生活里消失了，两人境遇的差别也越来越大。

张爱玲这边，婚后两个月赖雅就出现中风症状，后期直接瘫痪，张爱玲只能一边照顾老公，一边赚钱，赚到的钱还要拿给老公治病。

炎樱呢，她老公由于推崇给植物听黑胶唱片，而上了报纸，在美国引起热议。他在多次采访中，都大方展示出对炎樱的爱意。炎樱自己的事业也做得很好，她有一个珠宝行，1967 年还登了报纸，上面有她的照片。

我们无从得知在际遇分岔的岁月里，她们彼此的心境究竟是怎样的，但至少可以在《同学少年都不贱》这篇小说里，模糊地窥见一点点踪迹。


小说名字出自杜甫《秋兴八首》中的第三首，"同学少年多不贱，五陵裘马自轻肥"，也有一说是"同学少年都不贱"。

张爱玲采用"同学少年都不贱"为小说的名字，意思是当年的老同学们如今都混得非常好，名利双收，要啥有啥，营造出一片祥和的同窗情谊。然而实际上，真的如此吗？

小说是双女主设置，角色特点有着鲜明的指向性。

性格开朗的恩娟，人缘极好，入学第二年就当选级长，嫁的老公是犹太人，身材微胖。再看炎樱，也是人缘极好，入学以后就当上学生长，老公也是犹太人，也是微胖身材。

总之，恩娟这个角色的炎樱属性很强。

而小说另一个女主赵珏的身上则有很多张爱玲属性。

首先是"丑小鸭"元素。小说里不止一次提到赵珏不漂亮，是丑小鸭，戴着眼镜。现实中，张爱玲是高度近视，也戴了很久的眼镜。

其次是"囚禁"元素。小说里，赵珏有一段被囚禁的情节。现实中，张爱玲曾被父亲囚禁过半年。她在《半生缘》里写过，后一年发表的《小艾》最开始也是一个囚禁故事。这段经历真是刻骨铭心，以至于到了晚年还是会再捡起来写。

第三个暗合的点是感情经历。赵珏离开学校后，不仅生活拮据，名声还臭了，因为跟一个结过婚的高丽人好过，导致人们传言她要下海当舞女。现实中，因为和胡兰成结婚，张爱玲成了"汉奸妻，人人可戏"。


赵珏跟恩娟在同一所女校读书，关系很亲密，直到有个叫芷琪的女生出现。芷琪经常和恩娟一起游泳，教恩娟跳舞，那么恩娟赵珏在一起玩的时间就变少了。

赵珏心里泛起了一点微妙的情绪。有时芷琪过来找自己吃点零食、说点小话,她就琢磨,也许芷琪是故意在她和恩娟之间挑起风波,不过也好,那就跟她多说几句,这样还能气一气恩娟。

三个人的友谊已经开始略显拥挤,但很快,又出现了第四个人。

她们学校里有一个女篮健将,叫赫素容,比赵珏高两届,讲一口字正腔圆的京片子。

赵珏成天在纸上写赫素容的名字,跟罚抄似的。有过青春期的人应该都懂,谁还没在草稿纸上写过几个喜欢的人的名字呢?张爱玲在这里还加了一句,"左手盖着写,又怕有人看见,又恨不得被人看见"。

非常厉害的细节,画龙点睛。很显然,赵珏对赫素容萌生出了一些越界的情愫。张爱玲写这篇小说的时候快六十岁了,居然还记得少女时期的这么一点蚊虫叮咬的心情。

赵珏暗恋赫素容,每次吃饭,都期待在食堂遇见她,就算是见不到,一看见食堂门口的天,她都觉得开心。

赵珏立刻快乐非凡,心胀大得快炸裂了,还在一阵阵地膨胀,挤得胸中透不过气来,又像心头有只小银匙在搅一盅煮化了的莲子茶,又甜又浓。

少女的暗恋心情,用浓度和甜度极高的莲子茶来比喻,实在是妙极了。

有一天，赵珏撞见赫素容上厕所，于是她就走到旁边水池洗手，一边洗一边留意赫素容的隔间，等人家上完厕所出去，她立刻走进那个隔间。

平时总需要先检查一下，抽水马桶座板是否潮湿，这次就坐下，微温的旧木果然干燥。

空气中是否有轻微的臭味？如果有，也不过表示她的女神是人身。

这就是女性的爱，包容的爱，无差别的爱。

不过赵珏和赫素容之间没有什么情节上的结局，毕竟那时候大家都还是学生。赫素容的戏份虽然浓墨重彩，但小说的重点依旧是围绕着恩娟和赵珏的。


这对朋友的故事线分三个阶段。刚才是第一阶段学生时代，后面还有毕业后和出国后两个阶段。

毕业后，赵珏家里人不打算让她上大学，强迫她嫁人，她不愿意，被关在家里囚禁了。从家里逃出来之后，赵珏下决心不订婚，并且把头发剪成了男式的。

赵珏跟恩娟见了一面，这时候她俩关系还是很好的。两人谈话间还提到了芷琪，芷琪似乎有对象了，是她哥哥的一个不太长进的朋友。

后来，她俩进了同一所大学，赵珏比恩娟低一个年级，见面机会就减少了。而且赵珏父亲还是逼她结婚，她不堪其扰，直接退学，开始跑单帮赚钱。

而这时候，恩娟已经结婚了。

说到这里，很多三十岁左右的女生应该会有同感。当在婚育问题上做出不同的选择之后，往往会带来一次朋友关系的分流。已婚已育的和未婚未育的渐渐就很少玩在一起了。这不存在好坏之分，是不同的选择带来生活状态的改变。

现在的女性尚且如此，可以想见，赵珏跟恩娟的走散，简直太符合常理了。


毕业后第二次见面，两人都有点别扭。

那时候赵珏已经跑单帮好几年，跟一个高丽浪人在一起，人们传言她要下海当舞女。她的打扮也跟学生时期完全不同，穿洋服，画蓝色眼影，发型"乱挽乌云"——差不多就是咱们现在的蓬松丸子头。

按理说，朋友变化这么大，总要就此聊聊吧，可恩娟一句也没提。赵珏心想，大概她也听说了我和高丽浪人的事，还有做舞女的传闻，所以回避聊这个。

恩娟的变化也不小，她不再是以前那个胖乎乎的形象，现在瘦了，抱着孩子，打扮得非常朴素。恩娟说，是被孩子给累的。两人一直在淡淡地聊恩娟的婚姻生活，过程中提到了赵珏的工作，恩娟就说："你也不容易，一个人，要顾自己的生活。"

一句不咸不淡的夸赞，分明对她十分不满。她微笑着没说什么。

这句话太微妙了。

一种颠沛流离却在同情另一种颠沛流离，这种同情不是真的同情，夸赞也不是真的夸赞，有一些不满，有一些较劲。

赵珏憋不住，说起那个高丽浪人，她说自己是浪漫主义，感情不应该有目的，也不一定要有结果，很多事情她不想知道得太清楚——想必这是她的真心话。暗恋赫素容的时候，她也是沉浸在这种无目的、无结果的快乐里。

我觉得这一点也很合张爱玲，她对感情也是一种悲剧性的审美。

不过话说回来，好朋友之间把天聊成这样，也是没意思了。中场休息，恩娟有点事要出去办，于是把孩子放在赵珏家里，让她代看一会儿。

小孩子离开妈妈，开始哭闹，赵珏不会哄，她想，鸟笼子上罩一块黑布鸟就不叫了，人应该也同理吧，于是她就给人家儿子身上盖了张报纸。赵珏靠在门框上看这个孩子，想到了白雪公主的后妈，自己也觉得好笑。

恩娟一回来，赵珏就兴高采烈地把这个事情当笑话说给她听。亲生孩子被朋友这样对待，我想任何人都不会高兴得起来吧，恩娟就有点板着脸。

这就是恩娟和赵珏友谊的第二阶段，开始渐行渐远。

这次见面后不久，恩娟出国了。赵珏也准备出国，她给恩娟写信，想打听点事情。恩娟的回信"非常尽职而有距离"，态度很明确了，"尽职"是看在旧友关系上为你解答，"有距离"是为未来排雷，今后有事儿别来找我。

这次通信之后再联系，就是十几二十年之后了。

这时候来到赵珏和恩娟友情的第三阶段，可以叫"云泥之别"。

起因是赵珏在《时代》周刊上看见了恩娟夫妇，恩娟的老公是基辛格国务卿之前第一个进入内阁的移民。此时的赵珏，刚刚回归独居状态，她之前一直跟着前夫各种迁移，没有固定工作。她决定给恩娟写一封信，托她帮忙找个工作。

从小一起长大到快三十岁的朋友，中间断联了一二十年，再联系时都快五十岁了，而且面对如此巨大的处境差距，旁观者想想都难受，更何况当事人？

赵珏在那封信里没提见面的事，因为彼此的身份地位差距太大，她心想，见不见面自己说了也不算。倒是恩娟回信时，主动提了要见面，但字里行间的意思是，你害怕见我，是嫉妒我有钱。

本来说好了恩娟要带孩子来的，一进屋，赵珏发现她没带孩子，就顺嘴一问：孩子呢？话问出去又想，会不会是人家临时看见她家房子太破，没下车？所以这个问题她只问了半截，声音就减弱了。

恩娟当然是派头十足，穿名牌，打扮入时，皮肤也晒成了有钱人常见的黄黑皮。

见面的全程，两人无论聊什么都聊不到一块儿去，都聊得不愉快。赵珏提到她们小时候的事，也被恩娟直接打断。大概在恩娟看来，赵珏的怀旧有点翻黑料、套近乎的感觉。

这次恩娟过来，赵珏早就盘算好了怎么吃饭：好饭馆要排队，恩娟这个身份地位，估计不会去排队的，于是她提前把饭买好了回家吃。

没想到吃饭的时候，恩娟担心不卫生——这部分没有明说，只说她介意没有桌布，直到看见放倒在桌上当桌面的大圆镜子非常干净，才拿起了刀叉吃饭。


不过这次见面也不是全程尴尬别扭的，最后，她们谈到了以前，动了一点感情。

恩娟谈到芷琪。芷琪后来跟哥哥的朋友结婚了，那人把她家的钱都败光了。恩娟说这些的时候几乎要哭出来，说芷琪那么聪明，太可惜了。

听到这里赵珏大受震撼，心想，该不会恩娟那个时候暗恋芷琪吧？

她还想到有一次在公园，遇到赫素容推着个婴儿车，她和赫素容两个人都相当漠然。她知道这种漠然是怎么来的——是曾经的暗恋情愫，在与男子恋爱过以后被洗得干干净净，一点痕迹都没有了。

而恩娟为什么时至今日提到芷琪都还哭得出来？也许她一辈子都没有恋爱过……

这篇小说里，我们再次看到了张爱玲的性别观。

在故事里，她把男人视为浊物，而女人们则像清水一般干净透彻。

全文多次提到乳房，着墨很多，几乎每个人出场的时候，都有一句关于乳房的描写。描述一个结了婚的钢琴老师，说她有车袋奶的趋势，芷琪还追评了一句，说这个老师是给男人拉长了的。

这句话在小说结尾竟然呼应上了。

赵珏再次遇见赫素容，她推着婴儿车，胸更大了，位置也太低，这让赵珏想起芷琪的那句粗俗不堪的"给男人拉长了的"。

很多人对这篇文章里对于乳房的刻画很困惑，我还看到有人因为这些描写而认为张爱玲晚年厌女症发作。我反倒觉得她在传达一种"清水女孩触碰了须眉浊物就必然堕落"的观点。

赵珏身上是有堕落感的，跟高丽浪人毁了名声，在美国的婚姻也不成功。

赫素容变得漠然了，尤其是乳房这个意象。

还有芷琪，到了让恩娟落泪的地步，也是因为嫁了不好的男人。

只有恩娟飞黄腾达，也只有恩娟从未恋爱过。

说到这里，再回过头看小说名，《同学少年都不贱》，初看是一片祥和的同窗情谊，再看则是物是人非，一种深深的讽刺，抑或是境遇参差下的自我安慰。


小说最后，赵珏在洗碗，听到了肯尼迪遇害的消息。

"甘迺迪死了。我还活着，即使不过在洗碗。"

是最原始的安慰。是一只粗糙的手的抚慰，有点隔靴搔痒，觉都不觉得。但还是到心里去，因为是真话。

但是不久之后，她就又看到《时代》周刊上恩娟的照片，再次受到当头棒喝，受到刺激。

这就是张爱玲晚年写作的一种风格，非常跳跃。整体脉络是两个朋友走上不同的人生路径，然后从此拉开差距。这种萧瑟并不局限于友情，而是人与世界的。

在大时代的整体叙事里，人与人短暂地重合，然后用漫长艰难的岁月，为曾经的一点点快乐买单。又或者，早年的快乐其实是一个课题，它埋下一颗种子，在此后一生不断地考验你，让你重新认识自己。

肯尼迪死了，我活着，虽然我在洗碗，但也是粗糙的安慰。可是不久这种安慰就被朋友珠光宝气的新闻打破了。这就是人性的、人生的独木桥。

# 16.

## "玲"式性格，
## 到底有多吃亏？

有一种性格在这个社会上非常吃亏，我称之为"玲式性格"，也就是张爱玲式的性格。

　　总结起来就是表面高冷，不爱社交，甚至有点自闭。在这种观感之下，很多人会自动认为你难相处，下意识对你敬而远之，甚至还会带着一种不友好的预设在背后议论你。

　　很多人对张爱玲的印象就是清冷、孤高、冷漠。但实际上，越是深入张爱玲的作品，越是走近她真实的人生，我就越是难受——她的"玲式性格"，导致了人们对她近一百年的误解。她自我辩白的次数很少，最后就任由别人误解，话越来越少了。

　　先说说名人对她的误解。

　　张爱玲和杨绛的外甥女是上海圣玛利亚女校的校友。杨绛去世后，其好友钟叔河公布了杨绛生前给他的两封信件，其中一封中，杨绛转述了外甥女对张爱玲的印象：爱出风头，爱穿奇装异服，相貌难看，一脸"花生米"（青春痘）。

杨绛本人对她的评价是：文笔不错，但小说意境卑下，她笔下的女人都是性饥渴。

说到这里，我想申明一点：杨绛也好，其他名人也罢，他们对张爱玲的评价都属于当年的主观认识，受到多种因素的影响。我们不能仅凭这一点，就否认他们所取得的客观成就。伟大的人都很伟大，但伟大的人彼此之间，未必非要抱成一团。

刚才说到杨绛对张爱玲印象不好，其实杨绛丈夫钱锺书对张爱玲的印象也不怎么样。

有个叫水晶的记者，有一次采访钱锺书，问他对张爱玲是什么印象，钱锺书回答：She is very good。但是后来他又跟记者说，这都是场面话，对面是捧张爱玲的人，没办法。

张爱玲对钱锺书的评价反而是好的。

张爱玲的好友宋淇有次给她写信，提到钱锺书在各种活动上大出风头，他作为朋友担心钱锺书会被人嫉妒暗算。张爱玲回信说，钱锺书一定是非常会做人，个性又有吸引力，人缘又好，才做到风光这么多年都没事的。


张爱玲身上，还有一层误解来自她的出身。

很多人说，张爱玲喜欢炫耀自己祖上的背景，好像自己有贵族血统一样。曾经跟张爱玲是朋友的潘柳黛还说过一句很刻薄的话，大意是：张爱玲是李鸿章的重外孙女，这种关系就像太平洋上淹死一只老母鸡，吃黄浦江水的上海人却自称喝到了鸡汤一样。

这么说的人多了，渐渐地，就好像张爱玲真的爱炫耀自己的身份一样。但是你看她的小说和散文，你会发现对于封建贵族家庭，她的态度是鄙夷的。

《小团圆》里，她说他们家的人谈起家世，很爱把"我们老太爷"挂在嘴上。《小艾》和《金锁记》里也都有这类很负面的遗少形象。

至少从作品推理，我不觉得她认为祖上的背景是个荣耀，我也至今没看到过她爱炫耀家世的具体事例。

大家之所以会对张爱玲形成这样一种刻板印象，我觉得原因在于两点：第一，这个身份实在是特殊，人们会倾向于相信她爱炫耀，这符合大家对人性的共识；第二，是因为胡兰成。

胡兰成跟张爱玲在一起的那段时间，曾到处跟人夸耀张爱玲的贵族血脉，其实是变相地炫耀自己有本事，能和名门之后谈恋爱。他还特意去她南京的祖宅打卡留念。

后来在逃亡过程中，胡兰成改了名字，不姓胡了，随张爱玲姓张，化名张嘉仪，号称是张佩纶（张爱玲的爷爷）的后人。他在当"张佩纶后人"期间，同时也在出轨。

大概率因为胡兰成的种种炫耀和吹嘘，最终一切都算到了张爱玲头上。

前面我们提到过潘柳黛"太平洋淹死老母鸡"的论调，她是在怼张爱玲的血统，更是在怼胡兰成。因为胡兰成写了篇文章叫《论张爱玲》，大夸她的血统，所以潘柳黛紧接着就出了一篇《论胡兰成〈论张爱玲〉》，写出了上面那番话。


这只是个开始，后面的几十年，潘柳黛也没放过张爱玲。这里面就涉及一个"敌蜜"问题了。

20 世纪 70 年代，两人都五十多岁了，潘柳黛还在写文章骂张爱玲，说她这个沾了李鸿章仙气的大贵族，估计正在美国拿着厨刀表演她的"李鸿章杂碎"的"贵族"烧法呢。

这得是多大的仇和怨啊？几十年都不肯放过对方。

潘柳黛跟张爱玲同岁，在文坛也是有名的才女，一开始她跟张爱玲还算是朋友——尽管以朋友身份来往的时候也不太舒服，应该是生活方式不同导致的。

有一次，潘柳黛和苏青一起去张爱玲家做客，一开门看到张爱玲全套妆发，穿得非常隆重，好像要出门一样。潘柳黛就问：你这是有什么重要的事？张爱玲说，就是要见你们呀！

这点是潘柳黛后来写出来的，表现张爱玲很戏剧化的性格。但在我看来反而觉得这个人赤诚可爱。

这就是人与人之间的个体化差异，无关好坏，只是对同一件事的理解不同。她跟张爱玲不是一个世界的人，确实没法做朋友。

后来还有一次，潘柳黛和苏青又约了去张爱玲家做客，结果迟到了，张爱玲没给她们开门。我个人猜测，可能因为张爱玲又万分重视地准备了，结果朋友迟到，让她有一脚踩空的感觉。总之，两人后来渐渐就不来往了，甚至几十年后潘柳黛还要写文章讽刺张爱玲。

长久以来，人们只看到张爱玲闭门不见，然后得出冷漠清高的结论，没人关心她为什么闭门不见。

**感情上付出越多，相应地，也会对别人抱有越多期待，一来一回总有落差。随着成长，渐渐意识到这会让自己不快乐，于是拒绝付出，也拒绝期待，最后呈现出隔离的状态，给世人留下的印象就是冷漠。**

1969 年，张爱玲在加州伯克利大学做研究员，有一次她生病，助手陈少聪去探望，他知道张爱玲社恐，所以将配好的中药放在门口，按了门铃就自行离开了。后来，张爱玲痊愈复工，陈少聪发现自己桌上有一张字条，是张爱玲的笔迹，写着"Thank you"，字条上压着一瓶香奈儿五号香水。

张爱玲五十多岁的时候，史无前例地接受了一次采访，整个采访持续了七个多小时，这位记者就是前面提到的水晶。

采访之前，张爱玲做了很多功课。她知道水晶在热带生活过，于是准备了热带水果招待。她还了解到这个人要结婚，于是准备了一瓶八盎司的香奈儿香水，送给他的未婚妻。

你可以说张爱玲冷静，但谈不上冷漠，她关注生活，也关注周围人的一举一动。

张爱玲研究专家万燕教授，曾经采访过张爱玲在上海圣玛利亚女校读书时期的同学，并看到了一本有意思的毕业纪念册。

张爱玲平时默默无闻，同学们都不太了解她，临近毕业，她却找每一个同学要照片。

张爱玲拿这些照片干吗了呢？她做了一个漫画拼贴版的毕业纪念册，头像用的是同学们的照片，身体是她自己画的，画面最上方中间标题的位置是她本人，她的面前放了一个水晶球，表示自己是一个算命者，漫画主题就叫"算命者的预言"。

在张爱玲的画笔下，有人是世界著名摄影师——这个人确实热爱摄影；有人是科学家——后来这个人真的当上了数学家；有人是心理学家；有人是跟邪恶势力做斗争的新闻人；还有时装店老板、扛锄头的改革者、美容院老板、北极探险家、歌剧家、拳击冠军、获诺贝尔奖的作家、修建大桥的工程师……

这个毕业纪念册，说是"算命者的预言"，其实是祝福，这祝福源于她几年来对大家细致入微的观察，她给几乎每个同学都安排了理想的职业，每一个人都"不让须眉"。

而面对和自己略有竞争关系的人，张爱玲表现出来的也不是比拼和斗争，而是惺惺相惜，真的欣赏。

有一个女同学，是她们班写作最好的，甚至有人说她比张爱玲写得好。张爱玲给她画了一个坐在墨水瓶上的形象，旁边写了"成为著名小说家，成为中国的狄更斯"这样的祝福。

我觉得张爱玲甚至比大部分人都更有温度，她只是敏感，常常把神经直接暴露在外。说到底，她没那么神，没那么冷，没那么高不可攀。

她走路碰见人不打招呼，不是看不起对方，而是因为高度近视，又坚持不戴眼镜。

她喜欢朋友涂的指甲油颜色，又担心人家换别的颜色，看见朋友一直没换，她就暗暗高兴。

她爱吃糯米猪肉丸子，爱吃火腿，还爱吃臭豆腐，听到叫卖声会端起碗跑下去，走街串巷地找。

她是一个立体的、真实的普通人。

我越是了解她，就越是想自作主张地靠近她。我想这大概是另一个维度的交流，在那里，人类可以战胜时间。

# 17.

## 隔阂、仇恨、托举与成全

张爱玲是当之无愧的女性专家。

在小说里写女人，在散文里谈女人，所有语言都一针见血，所有刻画都跃然纸上。

这一切背后，少不了她成长过程中经过和见过的女性形象，尤其是她身边的女性长辈，都有着高饱和度、高对比度的生命色彩。


## 母女：在造化下形成对称

提到张爱玲的母亲——黄逸梵，人们几乎有个共识，那就是她不负责任，给张爱玲造成了伤害。搜她的名字，出来的结果大概率有"多次堕胎""情人不断""抛夫弃子""至死不见"等关键词，都指向一个形象：对外浪荡多情，对内冷漠无情。她与张爱玲之间的故事，也往往呈现出母女隔阂很深，彼此厌恨甚至老死不相往来的样貌，但事实上很多都是断章取义。

黄逸梵是当之无愧的中国第一代娜拉，她的故事用一句话概括就是：娜拉出走后怎样？

黄逸梵的家世十分显赫，她祖父是曾国藩麾下的一员大将，在湘军中以骁勇善战闻名。

成长过程中，黄逸梵走的是传统大家闺秀的路子——先是裹小脚，然后在家里上私塾。她有一个双胞胎弟弟，她羡慕弟弟可以在花园里跑来跑去，更羡慕他能出去念震旦大学。到了适婚年纪，家里给她找了门当户对的人家，于是黄逸梵嫁给了张廷重。

这一段简单的描述，包含了黄逸梵一生中最痛恨的两件事。

一是裹小脚，黄逸梵恨透了这件事，她的一生无时无刻不在对抗这双小脚，坚持穿高跟鞋，学会了游泳和滑雪，甚至还去阿尔卑斯山滑雪，比没裹脚的张爱玲姑姑滑得还要好。

这双小脚没有束缚住她。

在后面的人生里，她还去过英国、法国、新加坡、印度等地方。

中国第一代出走的"娜拉"黄逸梵，其实相当成功。她用真实的人生反驳了鲁迅《娜拉出走后怎样》中的假设——要么堕落，要么回来——她没有二选一，而是走出第三种可能。

黄逸梵另一件痛恨的事情是和张廷重结婚。

张爱玲晚年在《对照记》里写，母亲有时会谈起从前的事，提到张家就非常痛恨，会说，当初就是因为说媒的考虑门第才害了她一生。

胡兰成说，张爱玲的性格是想要什么就一定要有的。这一点随了黄逸梵，她是痛恨什么，就一定要把它从自己的人生中剥离——痛恨这段婚姻，就必须离开。

于是有了后来被人诟病的"抛夫弃子"一说。

但凡你了解黄逸梵的人生，就会明白，所谓"抛夫弃子"，不过是一个废墟上的女人最后的出路。

她是遗腹子，母亲生下她和弟弟后，不久就死了，拉扯她长大的是跟她没有血缘关系的大太太。

张爱玲的弟弟张子静后来在书里说，其实母亲很孤独，她只有龙凤胎弟弟这么一个亲人。但由于男女不平等，亲姐弟之间也不免隔着一层，所以她很希望婚后能有个好归宿，结果嫁给了张廷重这个爱抽鸦片逛窑子的遗少，希望彻底落空。

婚后，黄逸梵生了两个孩子，张爱玲和张子静。

熬到张爱玲四岁，张廷重越来越荒唐，在外养了个姨太太，黄逸梵决定出走。这时她还没有动离婚的念头，仅仅是抗议。很多人据此认为，黄逸梵作为母亲太狠心，抛下孩子转身出国，甚至认为是她的离开导致了张爱玲姐弟在成长过程中的诸多不幸。

**彻底的倒果为因。**


一百年前，黄逸梵面临的就是这么个境况。抛儿弃女，母职缺位，从此背负了所有罪名，同时也被动地替张爱玲父亲挡了枪。


黄逸梵看似潇洒的举动，其实并不潇洒。

在《私语》里，张爱玲对母亲第一次出国那天的记忆是这样的——

我母亲和我姑姑一同出洋去，上船的那天她伏在竹床上痛哭，绿衣绿裙上面钉有抽搐发光的小片子。佣人几次来催说已经到了时候了，她像是没听见……她睡在那里像船舱的玻璃上反映的海，绿色的小薄片，然而有海洋的无穷尽的颠簸悲恸。


**可以说，黄逸梵的矛盾和挣扎，是一个女人在面对"母亲"和"自我"这两个身份时的分裂。**


黄逸梵解不开的困局，也是如今很多女性正在面对的。这也是为什么我想以黄逸梵的视角重新打开张爱玲的故事。

直到今天，"母职"与"自我"在很多时候依旧像跷跷板的两端，难以平衡，往往顾此失彼，更何况黄逸梵的年代。

她选择成全自己，却也没真的割舍掉两个孩子。

在张爱玲和张子静所有关于童年的描述里，有一点出奇地一致：黄逸梵总在姐弟俩回忆的字里行间穿行，要么寄回了玩具，要么寄回了衣服，要么把他们的照片做成了明信片。当然，这些事情过于细小，连一句扎实的总结都没有。我没看到谁说过一句"黄逸梵即使身在海外，也还是很惦记孩子的"。

除此之外，黄逸梵的另一个更大的付出，体现在张爱玲身上，而这个付出，到后来却成了她的罪名。

黄逸梵在张爱玲四岁时出国，学习美术和雕塑，四年后回国。回国原因有两个：一是接到了张爱玲父亲的求和请求，他把姨太太遣返了，保证痛改前非，并承诺戒毒；二是张爱玲到了受教育的年龄，她要回来处理教育问题。

黄逸梵小时候接受的是私塾教育，长大后通过自己的努力见识到了更多元化的西方教育，因此她大力主张把张爱玲送到西式学校去。

张爱玲在《必也正名乎》里写到了她入学的事情。

十岁的时候，黄逸梵不顾张廷重大闹，拐卖人口一般地把张爱玲送到了学校里。

填写入学证的时候实在不知道叫什么好，于是就根据英文名Eileen的音译，随便写了"张爱玲"——这个在中国文坛上留下浓墨重彩一笔的名字，就这么出现了。

巧合的是，"张爱玲"的由来和"黄逸梵"的由来极为相似。

张爱玲母亲本名叫"黄素琼"，之所以后来改成"逸梵"，其实是音译了她的英文名 Yvonne。这一点也很有娜拉出走的味道。至少在名字上，她们都脱离了父系家族的标记，尽管保留了姓氏。

黄逸梵回国后没过多久，张廷重就毁约了，又开始吸鸦片。

这一次，黄逸梵下定决心，要彻底离婚。依照当时法律，孩子被判给了男方，但是黄逸梵坚持要求一点：离婚后，张爱玲的教育安排一定要经过她的同意。

第一次看到这个要求时，我实在好奇，为什么不是两个孩子一起管，而单独把张爱玲拎出来？除了张爱玲本身的天资聪颖，我想还有两个原因——

一来，黄逸梵是真的喜欢女孩子。她后来还想让弟弟过继一个女儿给自己，但没成功。晚年她还领养过一个华侨女儿。

二来，黄逸梵深知儿子在传统家庭中的地位，无论是受教育权还是财产继承权都很有保障，因此她从不插手对张子静的教育。

我本以为张子静多少会有点怨言的，但没想到，他在晚年回忆母亲时不但清楚地说出了母亲的思虑，还说"她不是因为不爱我"。

离婚两年后，黄逸梵又一次出国。

出国前有个细节。黄逸梵料到前夫还要再娶，于是交代张爱玲的姑姑张茂渊，要特别照顾张爱玲，毕竟她已经到了少女阶段。

1937 年，张爱玲从上海圣玛利亚女校毕业，黄逸梵再次回国，还是因为教育问题，她打算让女儿去英国留学，但没有成功。

两年后，发生了那次著名的囚禁事件。

继母找架吵，动手打了张爱玲，张爱玲本能地还手，继母恶人先告状，找父亲哭诉。父亲得知此事，把张爱玲一顿毒打，扬言要打死她。此后一直把她关在家里禁足，长达半年。

这是张爱玲人生中至关重要的转折性事件，她逃出父亲的家，和父亲彻底决裂，此后一直和黄逸梵生活在一起。

那是 1938 年，张爱玲十八岁，黄逸梵三十九岁。

**自此，母女间的龃龉正式拉开序幕。**

黄逸梵每次出国的经费，都来自变卖祖产，多年下来已经捉襟见肘。后来她做过皮货生意，但不成功。那时黄逸梵的处境十分尴尬：一边是迫在眉睫的经济问题，另一边是刚成年且正需要花钱的女儿突然投奔而来。

即便在这种情况下，她还是请了家教给张爱玲补习数学，后来张爱玲报考伦敦大学时，也确实不负众望，考了远东地区第一名。

黄逸梵事事以女儿的教育问题为重，在经济不宽裕时还在为女儿铺路，为什么会背负一个"不负责任"的骂名？仅因为那几年出国导致的缺席吗？

我想，问题是出在"做得越多，错得越多"这句老话上了。

我们身边有很多这样的家庭组合，一个万事不管的父亲和一个事事操心的母亲。那么在孩子印象里，父亲永远是和谐愉快的，母亲永远是严格的、咄咄逼人的。

这形象的差别并不因为父母二人的人格差别，而是因为，当一个人扑下身子做一件事情时，面朝黄土背朝天的姿态，一定是比躺在摇椅上当甩手掌柜要难看的。


凡看过黄逸梵照片的人，一定会惊叹她的美丽。一张混血的脸，高鼻深目，瘦削忧郁，打扮也时髦。连张爱玲本人都怀疑母亲的血统，甚至为此专门去研究过人种学。


**黄逸梵的美实在是不容忽视，而她的美也笼罩了张爱玲的童年，乃至一生。**

1994 年，张爱玲七十四岁，在世的最后一年，她还在感叹自己没有遗传到母亲的长处。

那时候她写《对照记》，翻出母亲为她上色的照片，图上的她，衣服被涂成蓝色。张爱玲说起以前出书，把封面设计成蓝色，那时候姑姑告诉她，母亲从前也喜欢这个颜色。

回忆起这个，七十四岁的张爱玲说："遗传就是这样神秘飘忽——我就是这些不相干的地方像她，她的长处一点都没有，气死人。"

这样一个美丽的、浪漫的、色彩斑斓的女人，同时又是遥远的、异国的、潇洒的，完全区别于父亲那个烟雾缭绕的中式家庭。

这一切，让黄逸梵在张爱玲的世界里成了偶像。用张爱玲的原话就是，她是用"罗曼蒂克的爱"来爱着母亲的。

但是，那仅仅是小时候。

张爱玲提到对母亲"罗曼蒂克的爱"的这一段的最后一句是——

为她的脾气磨难着，为自己的忘恩负义磨难着，那些琐屑的难堪，一点点地毁了我的爱。

下面是这对母女携手走入窘迫局促的生活画面。

黄逸梵对女儿的设想是成为淑女。为了这个目标，张爱玲也做了不少训练，但似乎效果不尽如人意。不少资料显示，上学期间，她的作业常常忘写，卧室也是最乱的，同学对她的印象是"沉默的"，老师也在描述她的某件小事时提及她呆滞麻木的表情。

真实的女儿和理想的女儿，在黄逸梵眼里出现了巨大的落差。

在这个美丽母亲的面前，张爱玲的"无能"被不断地大写加粗，再加上经济上的窘迫，这一切让敏感的张爱玲明确地感知到：母亲为她牺牲了很多。并且常常怀疑这种牺牲是否值得。

这一切"牺牲"最终指向的具体物，就是钱。

张子静的回忆里提到张爱玲退学的主要原因就是钱。这也是为什么后来的张爱玲急于赚钱，对钱执着。在年轻的张爱玲的世界里，钱可以弥合自己和母亲理想中的女儿之间的差距，可以证明母亲多年来的付出并非不值。

她开始写稿变现，并且不断地跟姑姑说，她一定会还钱给母亲的。后来，张爱玲真的靠写文章攒起一笔钱，第一时间还给了黄逸梵。

黄逸梵拿到钱是什么反应呢？在张爱玲的《小团圆》里，黄逸梵对应的角色蕊秋，在拿到九莉还的二两金子之后，放声大哭，说：虎毒不食子。

第一次读，我代入的是女儿视角，因此非常诧异。直到我从黄逸梵的视角重看张爱玲的故事，才设身处地地感受到锥心的痛。

她对女儿是有控制和打压的，另一方面，她的存在本身就是给女儿的压力——张爱玲的自卑，很大程度上来自母亲。而黄逸梵的诸多辛酸全是蜻蜓点水一笔带过的，最后被她所谓的潇洒掩盖了。

母女间的隔阂一旦种下，就如同永远隔了一层雾了。这层雾，也笼罩在张爱玲后来的作品里。

比如《倾城之恋》，白流苏在哥嫂的挤对下无路可走，扑倒在母亲床前哭着求做主，母亲却只是笑眯眯地不作声。

恍惚又是多年前，她还只十来岁的时候，看了戏出来，在倾盆大雨中和家里人挤散了……人人都关在他们自己的小世界里，她撞破了头也撞不进去，她似乎是魇住了。忽然听见背后有脚步声，猜着是她母亲来了。便竭力定了一定神，不言语。她所祈求的母亲与她真正的母亲根本是两个人。

张爱玲和白流苏一样，魇住了，逃出父亲的家之后才发现，关于母亲的梦也醒了。

可是这一切，黄逸梵已经尽了最大的努力。她做了所有她能做的，只是做得不完美。不完美，是因为她自己也有不足；无法付出更多，是因为她自己也没有更多。

这是造成这对母女拧巴和缺憾的最终原因。

在权衡"母职"与"自我"的这道难题上，黄逸梵尽力了，不亏欠任何人。


这对母女的结局在后来的几十年里频频被人拿来讲述。

据说黄逸梵去世前曾写信给张爱玲，希望与她见面。而张爱玲"以机票太贵为由拒绝见面"，只给了一百美元的支票。讲述的人往往会补一句"张爱玲至死都不原谅母亲"之类的话。

我想，但凡完整地了解过张爱玲的故事并具有基础的逻辑判断能力的人，都不应该把她曲解到这种程度。

1957 年黄逸梵远在英国临终的那段时间，张爱玲身处美国，一贫如洗。1956 年，她刚和赖雅结婚，并且怀孕了，但因为没钱养孩子而做了人流。婚后两个月，赖雅又中风了。张爱玲掏空积蓄给赖雅治病，甚至开始向朋友借钱。

"机票太贵"是无奈的真实状况，她被困在了美国，这种无奈，不比当年黄逸梵在张爱玲四岁时第一次出国前的那次大哭单薄。而随信附上的一百美元支票，可能已经是张爱玲费尽全力搜刮拼凑出来的心意了。


**时空对折，母女在造化下形成对称。**

在张爱玲晚年，邻居总看到她对着墙壁喃喃自语，还以为她念经，问她怎么了，她说：对不起，我在和我妈妈说话，来日我一定向她赔罪，请她给我留一条门缝。

实际上，在讲述张爱玲母女故事的时候，人们似乎很少提及张爱玲的反应。也许是怕这些细节说出来，"母女反目"的故事就讲不下去了。其实张爱玲在回忆母亲回家之后的文字简直可以用"饱含深情"来形容。她几乎把有母亲在的家描述成了天堂，"家里的一切我都认为是美的顶巅"。后来母亲有了自己的公寓，她会去母亲的公寓玩，连煤气炉子都让她非常高兴，觉得安慰极了。

我甚至认为后来张爱玲在《烬余录》和《第二炉香》里对于煤气的绝妙的描写，就来自这时对母亲的煤气炉子的观察。

离婚后，黄逸梵曾有一个美国男友，漂亮英挺，是个商人，后来在新加坡死于战火。黄逸梵大受打击，失联了一段时间，之后她离开新加坡去了印度，给尼赫鲁的姐姐做了一段时间秘书，再回国就是 1946 年。

此时的张爱玲已经名震上海滩，是红极一时的女作家。她和姑姑、弟弟一起去接黄逸梵，看到她戴着墨镜，整个人瘦极了。姑姑大喊：好惨啊，怎么瘦成这样。站在一边的张爱玲，默默地眼眶红了。

只有张子静看到，还好有他看到。

有人说，张爱玲作品当中的无能恶母形象来自母亲的阴影。这个说法可以不攻自破了。


## 恶母原型

张爱玲作品中的母亲形象很多，但很少是负面的，她们聪明、美丽、会算计、主动。以曹七巧为代表的恶母，主要来源于张爱玲对身边其他女性长辈的观察。

《金锁记》里曹七巧的原型，是被张爱玲喊作"三妈妈"的亲戚，而曹七巧的各种举止、做派，比如说吸大烟，在我看来也有不少老八和继母的影子。


按照出场顺序，先说老八。

黄逸梵第一次远赴重洋，是因为张廷重在外养了姨太太，这个姨太太就是老八。老八是个妓女。

那时候张爱玲太小。小孩子，一点小恩小惠就能收买。刚开始她不愿去老八的地方，大哭大闹，给了一点糖以后就好了。母亲出国后，老八正式搬进她家，她和老八的接触就更多了。

老八看张爱玲聪明，一力抬举她，给她用整幅丝绒做长裙，对她说：看我对你多好，你母亲哪舍得用整幅的丝绒？你喜欢我还是你母亲?

小小的张爱玲回答:喜欢你。

我想她对老八是有过母亲般的寄托的,但不多。尽管年纪小,她还是知道这不应该,于是稍有火光,就马上主动扑灭。

张爱玲对她的印象是割裂的。晚年张爱玲提及老八,说她入住后,家里变成了"淫窟"。张子静在回忆里里到她,也会说自打她入住,家里每天姐姐妹妹来往不断,莺歌燕舞。

老八行为泼辣,在某次争吵中,她用痰盂打得张廷重满头是血,于是被赶出了张家。


另一个重要的女性长辈,是在毒打囚禁事件里起到导火索作用的后母孙用蕃。我认为她是张爱玲小说中大部分恶母形象的来源。

孙用蕃的祖父做过刑部侍郎、户部侍郎,父亲孙宝琦在八国联军攻陷北京的时候是慈禧的随行护驾,后来出使法国,在法国期间还暗中帮助过孙中山。孙宝琦有二十四个子女,孙用蕃是他庶出的七女儿。

谁能想到浩瀚历史中溅起的无数细小水花,竟戏剧性地汇集收束在张爱玲这里。

在《小团圆》中,继母"翠华"的原型正是孙用蕃。小说提及翠华年轻时与表哥的殉情事件:两人因家庭反对而相约服毒,但表哥临阵反悔，导致翠华独自承受舆论压力。这一情节对应了孙用蕃的早年经历——她曾与表哥相恋，不被家族接受，后来想要殉情，没有成功，成了社交圈的笑柄。一直耽误到三十六岁，她才经人介绍，嫁给张廷重。

孙用蕃嫁过来之后，发生了一件很好笑的小乌龙。

张爱玲爱写作，平时会在父亲的书房里练习。有一次习作题目是《后母的心》，这篇文章被孙用蕃无意间看到——当然，是否"无意"值得怀疑。文章中张爱玲完全站在继母的角度，记录了一个女人嫁入二婚家庭的心境。

张爱玲在写人的心理时，有极强的共情能力。这在她的很多作品中都有体现。

这样的共情力用在继母身上，当然是一发入魂，孙用蕃大为感动，认为这是专为她而写的，从此把这篇文章珍藏起来，逢人便拿出来传看，还到处夸奖张爱玲会写作。

由此可见，以张爱玲的心智，"讨好"是一件很容易的事，在继母身边过不受压迫的生活，也相当简单。

但她不想讨好，那篇习作纯属是个意外。她对继母的厌恨从继母没进家门就开始了，第一次得知父亲要再婚，她想的是，如果那女人在她面前，她就直接把那女人从楼上推下去。

"她要的东西定规要，不要的东西定规不要"，胡兰成说的这句话是很准的，在爱憎上也成立——她恨的东西就一直恨，爱的东西也咬牙爱。

婚后，孙用蕃不断怂恿张廷重搬进大别墅。别墅是李鸿章当年给女儿的陪嫁，算是张家祖产，面积很大，住进他们一家四口人仍然相当空荡。据张子静推测，孙用蕃执意搬走是因为原来的家离黄逸梵弟弟家太近。

我认为这个推测很合理，因为从后面发生的几件事来看，孙用蕃很忌讳黄逸梵。

搬入别墅，他们支出了大笔开销买家具，之后是张廷重四十岁生日，一样是大操大办，一切从奢。孙用蕃初入张家，颇有新官上任三把火的味道，很多大开大合、五彩缤纷的动作。

孙用蕃对黄逸梵的忌讳，表现之一就发生在毒打囚禁事件前不久。

当时张爱玲正张罗留学的事情，父亲张廷重不同意，而他之所以不同意，主要原因就两个：一是他和孙用蕃要抽鸦片，没有多余的钱送张爱玲留学；二是要跟黄逸梵作对，离婚了就是仇敌，你主张的，就是我反对的。

孙用蕃也在一旁帮腔，说，你母亲都离婚了还插手你们家的事，这么在意不如回来好了，可惜晚了一点，现在回来只能当姨太太！

你看，她超在意的。

随后对张爱玲的毒打和囚禁，应该也有前面积怨的原因。囚禁半年，张爱玲逃出家门，几乎跟父亲彻底断了。孙用蕃这边后面的故事，是被张子静的眼睛记录下来的。

张家坐吃山空，越过越穷，最终搬入十四平方米的小屋子。张廷重死后，孙用蕃靠收家里最后一套房产的房租维生，这点钱刚好够请一个保姆为她打扫做饭。晚年的孙用蕃因眼疾失明，处境十分窘迫。

我认为孙用蕃对张爱玲是有影响的，她整个人的处境、心境、言谈、举止，都被张爱玲的眼睛扫描无遗，并记录在案，成为日后创作的素材。

至少那句"回来只好做姨太太"实在鲜活，能和我脑海中无数张爱玲作品中牙尖嘴利的女人发生重合。


## 至亲的人

接下来这位女性长辈对张爱玲影响至深，是张爱玲一生中最亲的人，甚至比母亲还要亲，她就是姑姑张茂渊。

从父亲家逃出来之后，张爱玲就和姑姑住在一起。后来母亲再次出国，陪在张爱玲身边的还是姑姑。后来从香港回到上海，她还是跟姑姑一起居住。张子静说，张爱玲对姑姑的依赖也许比对母亲还要深，她们是"多年相依为命"。

单纯看照片，就能隐约察觉这对姑侄之间深刻的羁绊。

张爱玲几乎和姑姑长得一模一样，我有时会在老照片里把两个人弄混，尤其《对照记》里的两张，姑姑笑着把手搭在张爱玲肩膀上，那时她还是少女，非常瘦弱单薄，而且腼腆。据说当时姑姑正在对她说：可不能再长高了。

张爱玲的凌厉、敏锐、冷静、一针见血，很大程度上受到了姑姑的影响。

姑姑张茂渊从小被当作男孩养大，母亲给她穿男装，佣人们都叫她"毛少爷"，她没有裹小脚，这种男性化培养反而让她跳出闺阁，为后来的诸多选择打下了基础。


一般来说，小姑子面对兄嫂矛盾的常见做法，往往是从中调和，实在不行，一般也是站亲哥，但张茂渊几乎没做任何受血缘干扰的动作。

黄逸梵初次出国，是张茂渊陪着的，在国外，她俩更像一对好朋友，一起游泳、滑雪、旅游、学英文、逛博物馆、听音乐会……后来黄逸梵正式离婚，张茂渊直接跟着嫂子搬走了，没有留在哥哥家。支持与陪伴做到了这种程度，以至于当时有人笑称她俩是同性恋。

如果没有姑姑张茂渊从中黏合，张爱玲和母亲的隔膜也许更深。

在张子静的回忆里，姑姑总是无处不在地充当桥梁。父母离婚后，母亲的信总是寄到姑姑家，仿佛这是唯一能容得下母女稀薄交流的地方。黄逸梵第二次出国前，也特意委托张茂渊"姑代母职"，照看张爱玲。

张茂渊也确实尽心。

在张子静的回忆里，父亲和继母搬进别墅之后，姑姑怕姐弟俩被苛待，特意给两个孩子各买了一张新床、一个衣橱、一张写字桌、一把椅子，并亲自把家具安排好才离开。后来某个暑假，姐弟俩感冒，姑姑立刻带了外国医生来家里治疗，亲自担任翻译，又交代佣人注意饮食起居，全部安排妥当了才离开。

张爱玲遭毒打后第二天，姑姑得到消息，立刻赶来说情。没想到亲兄妹俩扭打了起来。过程中，姑姑脸被打伤，去医院缝了几针，临走前放话，以后再也不进哥哥家的门。

如她所说，后来她不再和哥哥张廷重有任何联系，但张爱玲的事情她仍然没少管。

张爱玲和姑姑、母亲一起生活的那段时间，房租是由母亲承担，后来母亲再次出国，张爱玲的生活起居，就全部由姑姑负担了。

其实，单看张茂渊的人生，也是个侠义女性的故事，颇具传奇色彩。

张茂渊七十八岁结婚，嫁给初恋。故事的开端，就是姑嫂第一次出国。在船上，张茂渊吐得昏天黑地，一个年轻人给她递了杯水。年轻人叫李开弟，已经有了包办婚姻的婚约。两人虽然志同道合，暗生情愫，最终还是错过了。

当不成爱人，当朋友还是可以的。

张茂渊成了李开弟夫妇俩共同的朋友，在他们的婚礼上当了伴娘。他们的孩子也喜欢她，因为她的性格男性化，所以管她叫"张伯伯"——跟张茂渊儿时的称呼"毛少爷"遥相呼应。

后来，张爱玲远赴美国。国内世事变幻，李开弟一家进入至暗时刻，那时张茂渊也常伴左右。再后来，李开弟的夫人夏毓智病重，张茂渊前后奔波，忙前忙后，直到最后一刻。

据说，夏毓智去世前曾特别交代，她希望自己死后，张茂渊可以和李开弟结婚，说自己理解张李二人是如何错过的，她希望两个人不要错过一生。


**张茂渊就是这样一位具有侠义精神和力量感人格的女性，给张爱玲的人生提供了有力的托举和另一种示范，她也是如今我们看到的张爱玲的构成要素之一。**

除了姑姑张茂渊，还有一个人亦给张爱玲的人生提供了托举和庇护，她出现在张爱玲早年故事里的每个角落，总是被一笔带过，小小的，像个标点符号。

她就是把张爱玲带大的佣人何干。

何干是张家的老家臣，以前是伺候张爱玲奶奶的，也就是李鸿章的女儿李菊藕。如果以"何干"为关键词，搜索张爱玲的童年，你会发现，但凡是具有一点温情色彩的记忆里都有何干。

过年给张爱玲穿鞋穿袜子的是何干；父母吵架时，把张爱玲领到远处玩的是何干；父亲吗啡注射过量差点死掉，张爱玲被吓坏时在一旁安慰的是何干；母亲出国回来，特意给张爱玲穿上红衣服的，也是何干。

张爱玲长大之后去住校，回家后她常常看到弟弟和何干被继母欺负。

毒打囚禁事件里，姑姑张茂渊为什么那么快得知消息赶来搭救？是何干在通报。

张爱玲在《私语》中写自己在囚禁中得了痢疾差点没命，父亲不闻不问，事实并非如此。在张子静的回忆里，父亲害怕真把张爱玲害死，传出去名声不好听，所以给她打了抗生素。

是谁通报的消息？又是谁劝说了张廷重？还是何干。

后来张爱玲逃出父亲家，何干也因此丢了工作，只能回老家。即便如此，她还是把张爱玲儿时的旧物偷偷带出来，拿给张爱玲。

　　何干偷偷摸摸把我小时的一些玩具私运出来给我做纪念，内中有一把白象牙骨子淡绿鸵鸟毛折扇，因为年代久了，一扇便掉毛，漫天飞着，使人咳呛下泪。

　　一个老女佣的庇护，细小，却也是一种无言的托举。

　　看似不起眼的人物和看似不起眼的动作，却足以构成绵延百年的惊天动地的伟大。

# 18.

清醒地走进末日

1944 年，是张爱玲人生中非常重要的一年。

年初，张爱玲在《天地》杂志上刊登小说《封锁》，震撼了刚出狱的胡兰成。当时他在懒洋洋晒太阳，随手翻到《封锁》，只看了几个段落，就惊得坐了起来，大为震撼，当即"路转粉"，还"安利"给朋友，按头让人家看。

接着，他看到张爱玲的另一篇文章和照片，又由"粉转私生"，"我只觉得世上但凡有一句话，一件事，是关于张爱玲的，便皆成为好"。

路转粉是为才华，而粉转私生，我想八成因为张爱玲照片中释放的信息：适龄女性。

在展开胡兰成与张爱玲之间种种羁绊之前，我们把时间线提至他们相遇的 1944 年之前，单独讲讲胡兰成的"精彩"履历。

# 三任太太

胡兰成1906年出生，比张爱玲大十四岁。从小家境贫寒，但学习很好。父亲领他到邻村，找了个有钱人家，让他认义父，由那家人供他读书，给他娶亲。

认义父这件事对胡兰成影响很大。他贫寒出身，借势出头，尝到甜头便立刻吸收，一生都很会借势。

二十岁的时候，他娶了发妻玉凤。他说，自己跟玉凤是一生一次的"花烛夫妻"。可与此同时，他又嫌弃玉凤的规矩木讷。

他们在一起生了一儿一女，生下女儿不久，玉凤就病死了。胡兰成发誓终身不娶，并说从此以后他一滴眼泪也没有了。

然而，玉凤死后两年，发誓终身不娶的胡兰成续娶了，第二个老婆叫全慧文。

不要恋爱，不要英雄美人，唯老婆不论好歹总得有一个。

胡兰成的自传洋洋洒洒近五百页，关于全慧文的内容只有寥寥几处。但是，这个险些连姓名都没有留下的女人，胡兰成"不要恋爱"地跟她生了四个孩子。

后来全慧文疯了。关于全慧文的精神病，胡兰成说是因为她好"瞎疑心"。可为什么会疑心呢？因为胡兰成在婚后，同时和另一个女人结婚了。

第三任太太，应英娣，上海百乐门当红歌女，跟胡兰成在一起的时候才十五岁。

胡兰成之前入狱，是因为他在汪伪政府不得志，于是写文章巴结日本人，得罪了汪精卫。小小年纪的应英娣知道后立刻奔走打点，最后捅到了日本人那里，胡兰成才得救。

出狱之后，便接上了本文的开头，胡兰成看到张爱玲的文章，成天黏着她，当私生饭去了。

英娣自此几乎从胡兰成的故事里离场。直到 1945 年，胡兰成在《申报》上登出"胡蕊生与应英娣经过双方同意解除夫妻关系"的启事，与应英娣离婚。一行冰冷的铅字，为两个人的感情画上了句号。


这就是在张爱玲出现之前的胡兰成的故事，可能有朋友会想：震惊，张爱玲居然是小三？

其实在我看来，围绕在胡兰成周围的女性们，"三"与"被三"简直是环环相扣，出现在这个故事里的任何女性的情感道德观都不必谈，因为她们仅仅是被卷入的沙砾。


**张爱玲和胡兰成的故事，不是一个才子佳人的故事，不是一个为爱痴狂的故事，是一个冷血猎手猎到了他此生最骄傲的一个猎物的故事。**

## 初相识

要把这一切说清楚，我们可以再次回到 1944 年，回到胡兰成手里的那张照片。

单看一张照片，胡兰成已有了九成把握，动身出发去上海，连家都没回，直奔苏青处，要张爱玲的地址——《天地》杂志是苏青办的。苏青说张爱玲的性格是不见人的，但犹豫过后还是把地址给了他。他赶去，果然敲门不应，于是手写了一张字条从门缝里塞进去。

隔天，张爱玲来了电话，说去他家看他。

第一次和张爱玲本尊会面，胡兰成有种幻灭的感觉，"只觉与我所想的全不对"；"似乎她的人太大"；"又连女学生的成熟亦没有"。

胡兰成大概是此前把张爱玲想象成目光犀利、身姿婉转的魅力女郎了，没想到是这么瘦弱沉默的高个子女孩。

在张爱玲的文章面前，他不敢夸夸其谈，他看得出她在这个领域的深厚。但是，凡不合他想象之处，比如她的"不美"和"幼稚"，就会立马成为破绽，使他觉得自己超过了她，可以考考她了。

初见面那天，他们在客厅坐了五个小时，完全是胡兰成的舞台，先说如今的文章都差在哪里，欲扬先抑，话锋一转指点起张爱玲的文章好在哪里，又说起他曾经的光辉岁月，甚至问起张爱玲每个月赚多少钱——一种自上而下的关怀。

至于他为什么一说就停不下来，胡兰成的解释是，"因为在她面前，我才如此分明地有了我自己"。


可能在今天的读者看来，胡兰成的很多话都充满爹味，但不能否认，他是个聪明人。他的聪明尤其体现在懂得揣摩女性的需求，然后给予她们真诚的理解与欣赏，甚至是爱——只不过这爱不长久，也不排他。


## 清醒地走进末日


初次见面后，胡兰成开始天天去张爱玲家里，他们在一起几乎不出屋，诗词歌赋音乐美术，上天入地，谈个不停。

他非常佩服张爱玲，于是把自己的论文拿给她看，要她指点。张爱玲说，这么工整，没什么意思，不如打散了好。他就按她的意思打散了，果然好多了。

胡兰成自诩擅长古典文学，和张爱玲一起看《诗经》，他常常发现，很多原本以为自己很懂的东西，经她一说，又有了新面貌，原来自己是不懂的。

国外文学更是如此，张爱玲跟他讨论萧伯纳、赫克斯莱、桑茂忒芒及劳伦斯，胡兰成英文不好，基本插不上话，只有仰望。

学了六年钢琴，张爱玲是懂音乐的。胡兰成买贝多芬来听，听来听去不喜欢，想着一定是自己的问题。和张爱玲谈到此事，她说她也不喜欢，然后跟他说绍兴戏和流行歌好，以及好在哪里。胡兰成大彻大悟，之前不喜欢的东西，经她这么一说，喜欢上了。

在绘画上，张爱玲也很专业，她可以给自己的书设计封面、给小说人物画像、给刊登的文字画插图。他们看日本浮世绘、朝鲜瓷器、古印度壁画，胡兰成说自己是要看张爱玲脸色的，她说好，这个东西才是真好，而且要等她说出好在哪里，他才有点看懂的感觉。

看胡兰成描述和张爱玲在一起的日子，我常觉得那是一个凡人见了神迹之后的记述。


**总是在对答案。**


一切事物他都拿不定主意，只等她公布答案。她是掌握真理的人，是拥有结论权的人，近乎神。

胡兰成说张爱玲是"水晶心肝玻璃人儿"，其实他自己对人心的洞悉一点也不输给张爱玲。

爱玲是她的人新，像穿的新衣服对于不洁特别触目，有一点点雾数或秽亵她即刻就觉得。

且她对世人有不胜其多的抱歉，时时觉得做错了似的，后悔不迭。

这都是胡兰成评价张爱玲的句子，不得不说，确实看到了更深一层。

人人都说张爱玲深刻，他却看到她的"新"。

人人都说张爱玲薄凉，他却看到她的"抱歉"。

就连张爱玲的精准文笔，胡兰成都有更严丝合缝的描述，"她是使万物自语，恰如将军的战马识得吉凶"。

胡兰成知道，张爱玲看人，总把聪明放在第一。说她水晶心肝玻璃人，是高一个维度的存在，很多大众的事情，大众的观点，她不介意的，因为石头掷得再高，也沾不到她的衣裳。所以，无论要爱她，还是要害她，前提是碰得到她。

而胡兰成，就是那个碰得到她的聪明人。


胡兰成是真的欣赏张爱玲，这也是打开张爱玲内心深处门锁的钥匙。

成年后跟着母亲和姑姑生活的日子里，张爱玲是相当自卑的。寄人篱下的日子里，没有贴心的人，没有被真正欣赏过，没有一片扎实的空地可以踏实地降落下来，安放自己。

从前在父亲那里呢？当然也没有，实际上连正常的生活都很少能有。

在遇见胡兰成之前，张爱玲的人生是没有过完满体验的。

直到 1944 年，不到二十四岁的张爱玲先是通过几篇小说经历了一场爆红，约稿纷至沓来，终于开始赚钱，她满心想着要还钱给母亲，这是她宣布独立的一种方式，她要去过那种"干脆利落"的生活，一切都在徐徐展开……

而就在这时，胡兰成出现了。

那关在房间里上天入地的聊天，终于让她把所有想象过的、体验过的、能相信的快乐拼在一起了。


**一个即将自由的空间，一个欣赏自己的人。**


十四岁时写的那部《摩登红楼梦》，她拿来给他看；奶奶和爷爷之间的诗，她拿来给他看；母亲送她的几颗小珠子，她也要拿给他看……一直被压抑，一直得不到发展的小女孩现形了，把自己珍藏的"宝物"全部掏出来。

放在以前，她是要主动收起来的，也许还要自嘲"简直太傻了"。


**在张爱玲这里，胡兰成近乎是一个父亲。又不只是父亲，**

更是一个平安的童年。

这是她的摇篮，是金色的梦河。可再怎么样，她还是张爱玲，就算做梦，她感官的通道仍然是打开的，敏锐的觉察力也很难被屏蔽。

她知道，爱情的末日要来了——在这样的时局下，爱上汉奸——就算他不是汉奸，爱上这样的男人，也是末日。

胡兰成给她讲政治，她不爱听，不赞成，不感兴趣，于是放空由着他说。她想过他们没有未来，也问过自己，还能有多少日子。她就是这样，眼看着大祸临头，却直挺挺地走了进去；她把胡兰成拉到自己的故事里也是这样，睁着眼睛拉进来，并不疯狂。

这是一个"死"惯了的人，想要"活一活"的决心。


## 一厢情愿的婚书，从不嫉妒的女人

胡兰成提起自己第一次见到她照片的事，她就立刻把照片翻出来，送给他，并在背后写："见了他，她变得很低很低，低到尘埃里，但她心里是欢喜的，从尘埃里开出花来。"

这个名场面几乎尽人皆知，可我们知道的仅是张爱玲的心情，胡兰成是什么心情呢？多年以后，他在自传里说，收到照片的感觉好像季札挂剑，言下之意，张爱玲有点一厢情愿了。

季札挂剑倒也真有点暗合了张爱玲与胡兰成的故事。

1944 年，胡兰成与张爱玲结婚。张爱玲去买婚书，她不知道婚书是男女双方各执一份，于是就挑了个最大的，买了一张回来。

张爱玲在上面写：胡兰成张爱玲签订终身，结为夫妇。胡兰成在后面补：愿岁月静好，现世安稳。事后张爱玲想收起来，又找不到丝带，于是就压在箱子底下了。

**婚书只有一张，这婚也是结给她一个人的。**

同年 11 月，胡兰成在武汉认识了十七岁的护士小周。自此，贯穿张爱玲后半生的痛苦开始了，她的金色梦河仅维持了大半年而已。

胡兰成到武汉后的第一封信就提起小周。张爱玲借九莉之口道："我是最妒忌的女人，但是当然高兴你在那里生活不太枯寂。"

她开始分裂，一面承认自己是嫉妒的、吃醋的；一面又告诉自己，他不会和她怎么样的，自己不在的日子里，身边有个人逗逗他，让他不至于那么辛苦郁闷，也是好的。

于是张爱玲在回信中大度了一些。胡兰成就继续拉低底线，不断来信，不断讲小周，简直就是把《我和小周的恋爱日常》同步给张爱玲看。

胡兰成短暂地回到上海。两人一见面，他就不断地讲小周的事情。张爱玲问他：小周长什么样子？胡兰成仔细描述起来，说到最后，张爱玲想，小周的样子正是母亲说的少女应当有的样子。

**她回到了熟悉的落差里——与母亲理想之间的落差，与胡兰成爱上的少女之间的落差。**

在《今生今世》里，胡兰成对这次回上海的记录竟然是，张爱玲"亦糊涂得不知道妒忌"。

实际上，在胡兰成的叙述中，张爱玲是一个从不嫉妒的女人。

我已有妻室，她并不在意。再或我有许多女友，乃至狎妓游玩，她亦不会吃醋。她倒是愿意世上的女子都欢喜我。

胡兰成简直是 PUA 和情感操纵方面的天才——他夸奖张爱玲天神一般的胸怀，是给她立大度人设；不断拿自己与各种女人的故事去刺激她，是试探她的底线。反正人设在前，她拉不下脸来表达自己那些"俗气"的嫉妒。

张爱玲就在这样的"训练"下，一步步走到陷阱的深处去了。

胡兰成则沉浸在自己的叙事里，享受她的才气、名气和家族带来的光环。从底层奋斗上来的胡兰成，一辈子要的就是这个。

**胡兰成对张爱玲的感情，在浓度上大概说得过去，但布满了肉眼可见的杂质。**

## 逃亡之夜

不到两个月，胡兰成回武汉，跟小周谈婚论嫁。

又过了三个月，日本投降，胡兰成得知消息后开始逃亡。临行前，他把钱全给了小周，并跟她说，不带她走是不愿意她跟着自己受苦，不出五年，他必回来娶她。

后来小周等来的，是因跟汉奸接触而被关进监狱。胡兰成得知此事，假模假样地说要自投罗网营救小周，当然并没有真去。在他的自传里，小周就这么下线了，先前种种承诺再也不提了。

告别小周，胡兰成假装日本人，十分狼狈地从武汉跑回上海，辗转一段时间后，在张爱玲家躲了一晚。

两人一见面，他就告诉张爱玲，自己跟小周经历了一番痛苦的离别，临别之际，小周躺在床上大哭。张爱玲听完，第一反应竟然是：谁的床？

终归是没办法继续给自己洗脑了，她挑破了问他，跟小周到底发展到了哪一步？这一问对张爱玲来说太难堪了，不亚于当街裸奔。得到的回答是肯定的。

关于这一晚，胡兰成在自传里只写"在爱玲处一宿"，可于张爱玲而言却无比漫长。

《小团圆》里写到，九莉和邵之雍是在临别时才发生关系的，并且是强奸——我们能感受到这个"强奸"的处理里面，有后来几十年里张爱玲每每回忆时藏不住的厌恶。

当晚，九莉对着邵之雍熟睡的脊背起了杀心。她盘算起了用什么刀，对准他的后背来一刀，然后把他拖到楼下，往街上一扔。反正他是个逃犯。接着她看到了自己被警察押解着走在墙根底下，这画面太不体面。


这只是胡兰成逃亡中普通的一夜，可对张爱玲而言，这一夜却漫长、错乱、几近疯狂。

# 最后一面

离开上海，胡兰成开始了新的逃亡，途中又认识了新人，叫范秀美，是一个寡妇。

因为要四处转移，范秀美的作用体现出来了——可以和他假扮夫妻，不使人怀疑。于是，胡兰成带着范秀美，到温州乡下开始了新生活。一个亡命徒，竟然走到哪里都能左拥右抱，都能给自己弄出个红烛夜话，真是太惊人了。

这时候，偏偏张爱玲来破坏他的良辰美景。

距离上次和胡兰成见面已有半年，张爱玲实在痛苦，又听闻逃亡的胡兰成似乎并不惦记她——传话的人说，他话里话外，提到小周的时候多。她终于忍不了了，要亲自冲到温州去找他要个确定的答案。

二月里爱玲到温州，我一惊，心里即刻不喜，甚至没有感激。

这是胡兰成见到张爱玲那一瞬间的心情，他对此的解释是，夫妻患难相随，那是平凡人的做法，张爱玲和他不能放在凡人的标准里，她现在的做法不妥。

翻译过来：太掉价了。

不过这次在温州的见面，他在风格上还是小做调整，没给张爱玲秀新欢，没讲他跟范秀美的事情。

在温州停留了二十来天，临走那晚，张爱玲赖在胡兰成和范秀美的房间不肯走，看来看去，把所有的一切都看一遍，仿佛这是感情的余音，是大梦将醒前最后的梦。

回到上海，张爱玲像是掉了半条命，但和胡兰成的信还通着，看他在信里讲范秀美的故事，后来继续逃亡的路上，他暂别范秀美，信里又出现了其他女人。

痛苦是痛苦，可也不是说断就断的。

她还是给他写信，顺便带上香烟和剃刀片。有时候心疼他在外漂泊太苦，像王宝钏苦守寒窑。


1947 年，因为温州查户口，胡兰成再次出逃，途中在上海中转，又一次留宿张爱玲家。

这是最后一次留宿，也是两人最后一次见面。

这次是他朋友送他来的，侄女听闻也赶来看他。客人走后，胡兰成责怪张爱玲太不懂事，不懂得招待人，甚至都不留人家吃午饭。张爱玲当即表示，从没干过伺候客人的事，爱找谁找谁去。

这是她第一次在他面前发火。

后来两人平静下来，说起前段时间过得如何，张爱玲说有段日子简直痛苦得要死了，胡兰成答：你这样痛苦也是好的——跟她预想的一模一样，他总能来一句"也是好的"，然后让一切回归一团和气。

最后的这一夜，她跟他分房而睡，"我们这真是灯尽油干了，不是横死，不会有鬼魂"。

第二天一早，胡兰成去张爱玲的房间，看她还在睡，俯下身要吻她。她忽然伸出手抱住他，泪流满面地喊了声"兰成"。

这是二人的最后一面。


张爱玲儿时写过一篇《霸王别姬》。

四面楚歌之时，虞姬想，即便战争胜利，她的未来也未必明朗，现在楚霸王是太阳，她是反射着他的光芒的月亮，而未来三宫六院，就是无数流星进入他们的天宇。她宁愿战争永远不停。眼下四面楚歌，已经听到了刘邦的声音。霸王决定拉着虞姬出去，战斗到最后一秒。可虞姬不愿，不想让他分心。霸王说，那你就留在后方吧，等汉军发现你，把你献给刘邦。而就在这时，虞姬拔出一柄小刀直插自己的胸膛。最后她倒在项羽怀里，嘴唇颤抖。等他把耳朵凑近才听清，她说：我比较喜欢这样的收梢。

这泪流满面的最后一声"兰成"，这一瞬间的回光返照，就是属于张爱玲的收梢，一个苍凉的手势。

# 一别两宽

胡兰成走后几个月，得知他已经安顿下来，张爱玲给他写了最后一封信：

我已经不喜欢你了。你是早已不喜欢我了的。这次的决心，我是经过一年半的长时间考虑的，彼时唯以小吉故，不欲增加你的困难。你不要来寻我，即或写信来，我亦是不看的了。

随信附了三十万元，是她刚把《不了情》和《太太万岁》卖掉后赚到的。

她总是摆脱不了亏欠感，这也是她无法彻底离开的一部分原因，像有个把柄似的。现在，她下决心彻底回到她原本的寒凉世界。从还钱开始。

胡兰成写信给炎樱，请她从中撮合，并没有得到回应。逃亡到了末期，胡兰成决定离开大陆，他再次途经上海，去了张爱玲的公寓，发现她半年前就已经搬走了。

胡兰成偷渡到日本。如各位所料，还是没闲着，先是搭上一个日本女人，好了三年，又遇到了自称"小杜月笙"的吴四宝的遗孀——佘爱珍。

佘爱珍跟胡兰成前面结识的女人都不一样。

婚后胡兰成仍然和以往一样爱挑毛病，佘爱珍刀枪不入，对他说：你想死就死，想出家就定日子，我送你上寺庙。他没辙，又开始使老手段，用别的女人刺激她。结果仍被一一挡了回来。讲到小周，她就说，你把她接来啊；讲到范秀美，接来啊；讲张爱玲，接来啊……明明哪一个他都接不来。

不过无聊的晚年还是给了他一点小小的刺激，张爱玲来信了，那已是多年以后，她在美国。准确说是明信片，内容简明，只说问他要两本书，自己写东西要用，手边没有。一句多余的话都没有。

胡兰成接到明信片，第一时间拿去给佘爱珍看。佘爱珍催他回信，并告诉他，可以把张小姐接来，能接受。

胡兰成大喜过望，开始筹备一封高明的回信，不仅寄去了那两本书，还废话了几句，说自己是在看爱玲的书，所以回信迟了，重点是，附了张近照。

过后不久，胡兰成的自传《今生今世》上册出版，这本书讲他一路爱过来的心路历程，所有有名字或没名字的女人，都写在这里。胡兰成把书寄给张爱玲，还写了很多话去撩她，初衷是要让她惊慌一下。

收到信的张爱玲，把吐槽藏在了与朋友的通信中，"胡兰成书中讲我的部分缠夹得奇怪，他也不至于老到这样""胡兰成独创的'怪腔'讨厌到极点"。

怪腔怪调发出之后，胡兰成很久才盼来张爱玲的回信。


兰成：

　　你的信和书都收到了，非常感谢。我不想写信，请你原谅。我因为实在无法找到你的旧著作参考，所以冒失地向你借，如果使你误会，我是真的觉得抱歉。《今生今世》下卷出版的时候，你若是不感到不快，请寄一本给我。我在这里预先道谢，不另写信了。

爱玲

十二月廿七


我常觉得，张爱玲的尊贵是智慧和灵魂上的尊贵。她曾经在胡兰成处受虐，却非要等他脱困才正式通知对方分手，不能有一点落井下石的意思。

如今多年过后，这人仍然死性不改，但不管怎么样，反感只是自己的，回信还是认真的。体面地回绝他的撩拨，也不把事情做绝，下卷可以再寄来，但提前说好，没别的意思。

胡兰成虽不要脸，但终究是聪明人，他读得出，这是一个冰凉的巴掌微笑着扇在他脸上。

此后他们再也没有联系了，尽管胡兰成还有很多次试图蹭她的热度，顶着前夫的头衔到处兴风作浪，但张爱玲再没给过回应，甚至从与友人的信件来看，她不仅不理，简直在防。

显然，她明白这是她人生中不美的一笔。


张爱玲把她与胡兰成的故事写在了《小团圆》里。她说，在《小团圆》里，她想表达出爱情的百转千回完全幻灭后，还有点什么东西在。

这部自传和小说相互缠绕的作品，开头和结尾是一样的，都是九莉的一个常做的梦。梦里九莉还是学生，大考的早上，心情惨淡，好像《斯巴达克斯》里战争前的清晨，是战争片里最恐怖的一幕，因为完全是等待。

等待注定降临的悲剧——这才是她所认识和相信的，属于她的人生剧本。

《小团圆》的最后，有这样一段——

但是有一次梦见五彩片《寂寞的松林径》的背景，身入其中，还是她小时候看的……青山上红棕色的小木屋，映着碧蓝的天，阳光下满地树影摇晃着……之雍出现了，微笑着把她往木屋里拉。非常可笑，她忽然羞涩起来……二十年前的影片，十年前的人。她醒来快乐了很久很久。

这个让九莉快乐了很久的梦，不是因为梦里的人，而是因为那个人曾给她的那条转瞬即逝的"金色梦河"，一生只有那么一次。

张爱玲说，觉得别人都是数学上的一点，只有地位，没有长度宽度。而她有长度宽度，甚至厚度，但没有地位。

一双眼睛看三层世界，一颗心起六种震动，这样活过十年，已经赶上凡人的三生三世。


**但没有位置，无处落脚，永远飘荡。**

[全书完]

# 照月记

作者 _ 这个月

编辑 _ 陆璐　　装帧设计 _ 孙栎筠

技术编辑 _ 陈鸽　　责任印制 _ 刘淼　　出品人 _ 阮班欢

营销团队 _ 闫冠宇　刘冰

果麦

www.goldmye.com

以 微 小 的 力 量 推 动 文 明

**图书在版编目（CIP）数据**

照月记：张爱玲和她的小说 / 这个月著. -- 西安：
太白文艺出版社，2025. 8. -- ISBN 978-7-5513-3115-9

Ⅰ. I207.42

中国国家版本馆CIP数据核字第2025EV2861号

照月记——张爱玲和她的小说

ZHAO YUE JI——ZHANG AILING HE TADE XIAOSHUO

| | | |
|---|---|---|
| 著　　者 | 这个月 | |
| 责任编辑 | 张　笛 | |
| 特约编辑 | 陆　璐 | |
| 出版发行 | 太白文艺出版社 | |
| 经　　销 | 果麦文化传媒股份有限公司 | |
| 印　　刷 | 北京盛通印刷股份有限公司 | |
| 开　　本 | 800mm×1200mm　1/32 | |
| 字　　数 | 168千字 | |
| 印　　张 | 9.25 | |
| 版　　次 | 2025年8月第1版 | |
| 印　　次 | 2025年8月第1次印刷 | |
| 印　　数 | 1-60,000 | |
| 书　　号 | ISBN 978-7-5513-3115-9 | |
| 定　　价 | 59.80元 | |

联系电话：029-81206800

出版社地址：西安市曲江新区登高路1388号（邮编：710061）

营销中心电话：029-87277748　029-87217872